24,80

QUER VERLAG

Einer wie ich

Boris Belasko

Für den Kerl in mir

Erste Auflage September 1999

Umschlag und grafische Realisierung von Sergio Vitale
unter Verwendung eines Fotos von Tiziano Bedin
Gesamtherstellung: Druckhaus Köthen
ISBN 3-89656-042-5
Printed in Germany

Bitte fordern Sie unser Gesamtverzeichnis an:
Querverlag GmbH, Akazienstraße 25, D-10823 Berlin
http://www.querverlag.de

Ich habe genau drei Tage Zeit. Drei Tage, um den bitteren Geschmack in meinem Mund loszuwerden, diesen bitteren Geschmack nach Ekel und Scham und 'ner Ladung, die man nicht schlucken wollte und doch geschluckt hat. Hab ich zwar nicht, aber das tut nichts zur Sache. Ich schlucke nicht. Nie.

Drei Tage, um all das loszuwerden, und dazu dieses bittere Gefühl, das meine Lungen zusammenpreßt und mich bei jedem Atemzug aufkeuchen läßt. Ich habe nur drei Tage Zeit, aber ich weiß, daß ich es schaffen werde, weil ich alles schaffe, was ich mir vornehme. Immer. Jedesmal. Und auch diesmal werde ich es schaffen.

Manchmal möchte ich sie in den Wind schießen, die Typen. Es gibt echt Momente, in denen ich dem Burschen, der vor mir kniet und meinen Dicken lutscht, mit voller Wucht eine latschern möchte, aber nicht aus Bock oder damit er kuscht. Sondern einfach, weil ich sauer bin. Sauer auf diese verfluchte Gier, die mich immer wieder dazu treibt, irgendwelche Männer aufzureißen und durchzuknallen, von denen ich eigentlich überhaupt nichts will. Na ja, das schon, ich will schon was von ihnen; ich will, daß sie mir einen blasen, und zwar ordentlich, oder mir den

Arsch hinhalten, ihren knackigen Arsch, wohlgemerkt, aber ansonsten – ansonsten will ich nicht das geringste von ihnen. Oder sagen wir mal, ich halte nichts von ihnen. Und dafür, daß ich nichts von diesen Burschen halte, verbringe ich ganz schön viel Zeit mit ihnen.

Ich meine, es vergehen keine drei Tage, ohne daß ich mich nicht auf die Jagd begebe. Vor ein, zwei Jahren war es noch schlimmer. Jeden Tag, sobald ich Zeit hatte, bin ich in den Tiergarten gefahren und hab mich auf meine Stammbank gesetzt. Nach ein paar Minuten kam schon das erste Angebot um die Ecke geschlichen, garantiert. Ich hab noch nie lange warten müssen, jedenfalls nicht, was Typen angeht.

Aber damit habe ich aufgehört. Ich gehe nur noch ab und zu in den Tiergarten. Und außerdem ziehe ich die dunklen Bars und Kellergewölbe vor, in denen es so verdammt unverkennbar nach dem riecht, was ich will: nach Kerl.

Aber Kerle sind selten. Wirkliche Kerle sind selten. Wahrscheinlich ist es das, was mich in letzter Zeit so oft sauer macht: daß ich gezwungen bin, irgendwelche Jungs zu ficken, weil einfach zu wenig Kerle rumrennen. Und wenn, dann werden sie auch noch gefährlich.

So wie dieser Typ von heute nacht. Ich kann ihn immer noch spüren, aber nicht da, wo man jetzt meinen würde. Nein, mein Arsch ist intakt, hundertprozentig. Er hat mich gefickt, und wie – aber mein Arsch ist völlig okay.

In meinem Kopf spüre ich ihn. Da, wo er seine Worte hingespuckt hat, bevor er sich umgedreht hat und abgehauen ist, mit einem Gang, der King Kong alle Ehre gemacht hätte. Ich hätte lachen müssen, wenn da nicht dieser bittere Geschmack in meinem Mund gewesen wäre und die Scham über die Erniedrigung, die er gerade eben über mich geworfen hatte wie ein Netz, in dem ich immer noch zappele.

Ich habe drei Tage Zeit. Drei Tage, um mich zu regenerieren. Drei Tage, um zu vergessen.

Als ich die Haustür hinter mir zuziehe und mich umdrehe, steht der kackbraune Kadett schon da.

„Hi!" sagt Jop und grinst, und dann stößt er die Beifahrertür ganz auf, und ich steige ein.

„Und? Was hast du dir so überlegt?" fragt er.

Ich bugsiere den höllisch durchgesessenen Sitz ein bißchen nach vorne und zucke mit den Schultern.

„Weiß nicht. Ich denke, wir fahren erst einfach mal los." Ich sehe Jop an. Er lacht kurz auf, und dann gibt er Gas.

Während wir die Alte Jakobstraße runterdonnern und quietschend um die Kurve beim Patentamt brettern, spüre ich, wie Jop seinen lüsternen Blick über meine im Schoß verschränkten Hände gleiten läßt, und ich weiß, das wird sich legen.

Jop ist permanent geil, seine Nasenflügel sind schon ganz geweitet vom ständigen Wölben. Jop starrt jedem halbwegs gutaussehenden Typen ein Loch in die Hose, und auf mich ist er schon seit Jahren scharf. Vor Ewigkeiten hab ich ihn mir zwei- oder dreimal vor den Latz gespannt, aber damit hat es dann auch gereicht. Jop ist zwar ein ziemlicher Brocken, aber kein richtiger Kerl. Und außerdem mag ich ihn irgendwie gern.

Ich ficke so gut wie nie mit Typen, die ich wirklich gerne mag. Davon gibt es nicht gerade viele – Jop, Malte und vor allem Markus; Markus, mein einziger richtiger Freund. Was man vor allem daran sieht, daß ich mit Markus noch nie in der Kiste war. Nicht ein einziges Mal, und das ist Rekord bei mir.

Jedenfalls, Jop glotzt mir immer erst auf die Beule, und dann kriegt er sich irgendwann ein, und wir ziehen los.

So ist es diesmal auch, und diesmal habe ich es auch ganz besonders nötig, nach dem, was in dieser Nacht passiert ist.

„Wie wär's mit ein bißchen Kunst?" fragt Jop, nachdem er seine gewölbten Nasenflügel wieder in Normalformat gebracht hat.

„Kunst? Was 'n das?"

„Hamburger Bahnhof", sagt Jop, und als ich die Unterlippe vorschiebe, steigt er vollends aufs Gas.

Im Hamburger Bahnhof bin ich gerne; Jop weiß das. Es gibt da eine Arbeit von einem amerikanischen Videokünstler, die mich immer ziemlich beruhigt. Wenn es mir nicht sonderlich gut geht, fahr ich manchmal dahin und setze mich davor – zufällig steht genau vor dieser Installation eine weiße Bank, aber vermutlich ist das gar kein Zufall –, und da bleibe ich dann eine Weile sitzen, solange, bis mein Herzschlag ganz langsam geworden ist, so langsam, als würde ich schlafen. Für mich hat diese Installation die gleiche Wirkung wie eine Stunde verschärfte Meditation; wahrscheinlich hat sie nicht nur die gleiche Wirkung, sondern ist sogar dasselbe.

Jop geht das nicht so, das ist gleich klar, als er das Teil sieht. „Was du an diesem Quatsch da findest", sagt er und zuckt mit den Achseln. An der Kappe von seinem rechten Sportschuh ist ein Stück Gummi abgebrochen, und da sieht er die ganze Zeit drauf.

„Ist kein Quatsch. Das ist genau so, wie das Leben ist. Sonst nichts. Finde ich genial."

Jop betrachtet verdrossen die fünf Monitoren, auf denen nichts zu sehen ist außer morastiges Laub in Bewegung, immer aus einer leicht versetzten Perspektive aufgenommen. Es dauert für gewöhnlich eine Weile, bis man kapiert, daß die verschiedenen Perspektiven von fünf Kameras herrühren, die an Kopf, Händen und Füßen einer sich vorwärtsbewegenden Person befestigt sind. Ich finde das, wie gesagt, genial. Aber Jop nicht.

„Leben, Blödsinn", sagt er und sieht wieder auf seinen kaputten Sportschuh. „Erzähl mir lieber, was du gestern nacht so getrieben hast. Glaub ja nicht, ich würde diese komischen Kratzer an deinem Hals da nicht sehen."

Heute nacht ist mir das passiert, wovor ich mich so ziemlich am meisten fürchte: Die Dinge sind mir komplett aus dem Ruder gelaufen. Komplett. Oder, genauer gesagt: Ich habe die Kontrolle verloren. Aber nicht, daß es sich damit hatte. Nein, jemand anders hat sie statt dessen übernommen.

So was darf einem gestandenen Kerl wie mir eigentlich nicht passieren. Ich bin es gewohnt, daß die Dinge so laufen, wie ich sie haben will. Daß das gestern nacht nicht so war, ist ein ziemlicher Schlag für mich.

Es war einer von diesen beschissenen Abenden, an denen ich nicht wußte, was ich machen sollte. Nicht, daß ich mich langweilte – ich langweile mich nie. Aber es gibt Abende, an denen mir das Leben so anstrengend, so verdammt unruhig erscheint, daß ich nicht weiß, was ich damit anfangen soll. Dies war einer davon.

Als Markus vorbeikam, war ich richtig froh, obwohl ich eigentlich nicht darauf stehe, unangemeldet Besuch zu bekommen. Im Gegenteil. Normalerweise schmeiße ich jeden hochkant wieder raus, der es wagt, mich in meinen eigenen vier Wänden zu stören. Aber an diesem Abend tat ich das nicht, und nicht nur, weil es Markus war, der da so barsch an die Tür klopfte.

Markus klopft immer so barsch, deshalb wußte ich, wer draußen stand, bevor ich die Tür aufriß.

„He, Lennart", sagte er und schob sich an mir vorbei in den Flur. „Heute ist Party. Du gehst mit mir hin."

„Wenn du mir vorher einen bläst, gerne."

„Fehlanzeige, Junge. Deshalb gehn wir ja aus. Damit du dir mal wieder einen kleinen Knecht suchen kannst."

„Ich will keinen Knecht", sagte ich und zog gerade noch rechtzeitig ein paar Zeitschriften aus meinem einzigen Sessel, bevor Markus sich reinfallen ließ. „Ich will einen Kerl."

Markus grinste bloß. „Laß dich überraschen. Heute ist Markttag."

Ich hatte schon von diesen neuen Partys in der Schwangeren Auster gehört. Die Schwangere Auster ist ein ziemlich nobles Teil, wo normalerweise erlesene, internationale Kulturveranstaltungen stattfinden. Es gibt massig Räume in diesem Gebäudekomplex, der wegen seines muschelförmigen Daches diesen bescheuerten Spitznamen trägt. Seit einiger Zeit finden im dazugehörigen Restaurant gelegentlich Partys für die Homogemeinde statt, bei denen es angeblich heiß hergehen soll. Ich war noch nicht dagewesen, aber Markus war beim letzten Mal voll auf seine Kosten gekommen. Und heute hatte er ganz offensichtlich vor, das zu wiederholen. Aber eigentlich war mir das alles egal. Ich wollte bloß raus. Und aufhören zu grübeln.

„Zieh die Chaps an", sagte Markus, während er zusah, wie ich meine Jacke über das Rippenshirt zog. „Damit hast du ein Mordskaliber."

„Hab ich auch ohne. Komm, wir gehn los."

Auf dem Weg zum Bus liefen wir schweigend nebeneinander her. Ich mag das. Ich mag es, mit Markus irgendwolang zu gehen, ohne zu reden. Kann sein, daß mich das an was erinnert. An Streifzüge durch den Wald mit diesem Freund, den ich als Junge mal hatte. Er war nicht lange da, er ist ziemlich bald woanders hingekommen, und wir haben uns nicht mehr wiedergesehen. Das ist lange her, aber ich erinnere mich immer noch an dieses gute Gefühl, das ich hatte, wenn wir durch den Wald liefen und so taten, als seien wir frei und sonstwo, nur nicht dort, wo wir in Wirklichkeit lebten. Wir haben nie viel miteinander geredet. Es gab nichts zu reden. Es war besser zu laufen. Kann sein, ich erinnere mich manchmal daran, wenn ich mit Markus so gehe.

Es war warm, und die Luft roch schwach nach dem nahenden Herbst. Wir nahmen den Bus bis zum Anhalter Bahnhof und dann den nächsten nach Moabit. Das letzte Stück gingen wir zu Fuß, am Tiergarten vorbei, wo zwischen den Sträuchern die ersten Peiler standen, still und bewegungslos, wie Statuen. Einer hustete plötzlich und krümmte sich leicht, und ich mußte an den Kleinen denken und wie es ihm wohl ging und dann natürlich an Schubert und seine verhangenen, ängstlichen Augen, und auf einmal wurde mir ziemlich mulmig zumute. Klar hatte ich Angst. Ich hab sie immer noch. Alles kann passieren. Ich kann so gut sein wie nie zuvor, und trotzdem kann es passieren.

Plötzlich legte Markus seinen Arm um meine Schulter, nur für einen Moment, dann nahm er ihn gleich wieder weg. „Okay, alles klar", sagte er leise, und seine

Augen leuchteten schwach im trüben Licht der Laternen. „Auf geht's. Der Markttag beginnt."

Die Schwangere Auster brummte nur so. Überall Typen, soweit das Auge reichte. Auf der Tanzfläche tobte ein einziges fettes Gerangel. Eine Raupe aus Männern schob sich die breite, geschwungene Treppe rauf und runter, und auf der Galerie lungerten die härteren Brocken herum und glotzten wie blöde aufs Fußvolk hinunter. Das Gegackere und Gekreische hing wie eine Endlosschleife in der rauchgeschwängerten Luft, dazwischen war manchmal ein Brummen zu hören. Das waren die Bässe. Badamm, badamm, dammdamm. DAMM DAMM DAMM.

Ich kann Techno gut ab, aber nicht immer. Es paßt nicht immer, und hier paßte es gar nicht. Zu Techno gehören saugute Tänzer, und die waren hier nicht.

Markus hielt zwei Finger in die Luft, und ich nickte. Er verschwand in Richtung Tresen, und ich sah mich um.

Ich entdeckte nur Burschen, junge Typen mit glatten Gesichtern, dazwischen ein paar aufgedonnerte Tunten. Und jede Menge Pullis natürlich.

Pullis, das sind die artigen Typen, die Hemden unter ihren Pullovern tragen und ordentlich reden und so aufregend sind wie ein Schluck Wasser am Morgen. Pullis sind engagiert und dynamisch und Scheiße im Bett. Ich weiß das, ich hab's mit 'ner Reihe von ihnen probiert, als ganz junger Kerl. Danach war ich jedesmal schwer deprimiert.

„Nix Gutes dabei?" fragte Markus und hielt mir ein Bier hin.

Ich nahm es und trank einen Schluck. „Noch nichts gesichtet."

„Da auch nicht?" Markus nickte zur Galerie hoch, und ich schüttelte angewidert den Kopf.

„Das sind doch nur Affen da oben. Das sind keine Kerle. Die sehn bloß so aus. Ein guter Typ glotzt nicht so blöde."

„Stimmt eigentlich", sagte Markus und lachte. Dann wurde er ernst. „Ich geh mal gucken. Alles paletti?"

„Alles paletti."

„Wir treffen uns draußen." Er drehte sich um und schob seinen knackigen Arsch in die Menge, und schon war er weg.

Markus kennt mich: Wenn's mir langweilig wird, geh ich raus. Ich stehe nie da und laß mich belullen, lieber häng ich irgendwo draußen herum und seh mir den Mond an.

Ich trank ein Bier und dann noch eins und unterhielt mich ein bißchen mit Mirko und Jens, zwei alten Bekannten, und mit noch einem Typen, dessen Namen ich immer vergesse. Zweimal schob Markus vorbei, einen Fritzen mit Käppi im Schlepptau, und hob lässig den Daumen.

Schließlich war's dann soweit. Langsam ging ich nach draußen. Kann sein, daß diese Partys der Toprenner sind zur Zeit, für mich war es anders. Ich war einfach nicht richtig dabei.

Draußen lehnte ich eine Weile an einem Pfeiler und peilte die Lage. Eine Traube von Typen hing vor dem Eingang herum und begaffte das Frischfleisch. Ein paar junge Burschen kicherten albern. Zwei, drei alte Hasen zogen schon jetzt die Fangnetze ein. Rodney, einer der Barmänner aus der Beluga-Bar, war dabei, sich eine gefönte Tunte ins Bett zu locken. Scheinbar hatte er's nötig, denn er legte sich mächtig ins Zeug. Er strahlte wie ein betrunkener Ochse, lachte laut und schob die Hüften vor, um seine Keule zu zeigen. Aber die Tunte wollte nicht recht.

„Aber sooo doch nicht, Schätzchen!" kreischte sie und drehte sich schwankend herum. Ihr alkoholumnebelter Blick fiel auf mich, und schon streckte sie eine krallenartige Hand aus. „Du da! Komm her!"

Da war ein unangenehmes Kreischen in ihrer Stimme, das ich nicht mochte, und ich fragte mich, ob Rodney wußte, was er da tat. Ich drehte den Daumen nach unten und ließ ihn dort hängen, und Rodney grinste mich an.

„Wieso nicht? Komm her, nun komm schon! Oder traust du dich nicht?" Die Tunte war sauer.

„Paß bloß auf, mein Kleiner. Bei mir liegst du im Dreck", sagte ich leise, aber Rodneys Beute verstand mich genau. Sie trat einen Schritt zurück und sah fragend zu Rodney, und Rodney zuckte lässig mit den Schultern.

„Lenny kann ziemlich gemein sein. Bleib lieber bei mir."

Die Tunte warf mir einen letzten, vorsichtigen Blick zu, dann drehte sie sich ruckartig um und stelzte davon, die Finger in Rodneys Ärmel gekrallt. Rodney zwinkerte mir zufrieden zu, bevor er sich fortziehen ließ.

Ein paar von den Typen neben der Tür hatten die kleine Einlage mitbekommen und glotzten mich aufmerksam an, und irgendwie war es mir plötzlich zu blöd. Auf einmal hatte ich keine Lust mehr. Keine Lust mehr auf Party und glotzende Typen, betrunkene Tunten und alberne Spielchen. Ich stieß mich vom Pfeiler ab und ging los.

Es ist nicht etwa so, daß ich keine Tunten mag. Und es ist auch nicht so, daß mir das Ausgehen und das Jagen mit all seinen Ritualen keinen Spaß machen. Nein, ich mag Tunten, auch wenn ich nur selten Lust habe, eine zu pimpern. Und ich jage verdammt gerne, mit Ausdauer, sozusagen, und meistens fange ich was Gutes.

Aber manchmal geht mir einfach was ab. Dann empfinde ich das alles als öde und leer und vor allem als schrecklich banal, bar jeder Bedeutung. Ich meine, was ist schon ein kurzer Fick in irgend 'nem Park, im Gebüsch, womöglich in einem dunklen, engen, nach Sperma stinkenden Keller? Was bedeutet mir das, was macht es mit mir?

Nichts, oder? Jedenfalls fast nichts. Weniger als das Lächeln eines viel zu blassen Kindes, zum Beispiel. Das Heulen eines Hundes bei Vollmond. Oder das flattrige Zittern einer rasch gealterten Hand, die sich zögernd auf meine eigene legt. Das sind Dinge, die mich zumindest berühren.

Hinter der Schwangeren Auster, entlang des Kanals, führt ein schmaler Weg, der in regelmäßigen Abständen von warm scheinenden Laternen erhellt wird. Genau diesen Weg schlenderte ich lang. Ab und zu raschelte es zwischen den Bäumen; ich sah nicht hin, kein Bock auf fummelnde Paare. Mein Kopf war leer und heiß, die Gedanken pochten darin, Bilder flogen umher, und ich schloß die Augen und sah meine eigenen Hände in dünne Latexhandschuhe schlüpfen. Ich sah das Skalpell, das ich zwischen die Finger nehmen würde, spürte die valiumvernebelte Angst des Mannes, der vor mir lag, flach, ausgestreckt, hilflos. Ich ging die einzelnen Schritte durch, jeden Handgriff, den ich tun, jeden Befehl, den ich geben würde. Leise, exakt, eine vollkommene Autorität. Noch drei Tage, dachte ich. Noch vier Nächte und drei Tage.

Unruhe kroch in mir hoch, und ich ging schneller, um ihr zu entfliehen. Ich wünschte, ich hätte noch ein oder zwei Bier mehr getrunken, ich hätte den fetten Joint nicht abgelehnt, den Jens mir vor die Nase gehalten hatte. Aber genau das hatte ich getan.

Jemand flüsterte mich schräg von der Seite an, aber ich hob nicht mal den Kopf. Ich ging einfach weiter, und auf einmal hörte ich leise Musik von vorne. Der Kanal nahm eine Kurve, die fummelnden Jungs im Park waren fort, und dann tauchte aus dem Dunkel ein Schiff auf, wie eine Fata Morgana. Es lag am Kanal vertäut, bunte Lampions hingen quer über das Deck gespannt, und hinter den milchigen Fenstern der Kajüte tanzten schemenhafte Gestalten.

Eine Weile stand ich da und ließ den Anblick wirken, dann setzte ich mich ins weiche, nachtfeuchte Gras und sah in den dunklen Himmel, altbackene deutsche Schlager im Ohr.

Manchmal kommt es mir so vor, als würde ich immer nur warten. Aber ich weiß nicht, worauf.

Irgendwann hörte ich auf zu denken. Ich lehnte mich zurück und machte die Augen zu, und die milde Nachtluft strich durch mein Haar und über mein Gesicht. Und dann hörte ich Schritte.

Er setzte sich neben mich, eine Handbreit von mir entfernt. Ich lehnte auf meine Ellbogen gestützt da und sah ihn mir an, jedenfalls das, was ich im Licht der bunten Lampions von ihm erkennen konnte. Er trug Jeans und Chaps und schwere Stiefel und ein altes, am Kragen zerrissenes Hemd. Als er langsam den Kopf drehte und mich ebenfalls ansah, rann mir ein Schauer den Rücken hinunter, und die Haare in meinem Nacken richteten sich auf. Schlagartig war ich hellwach.

Ich mag Typen mit dunklen, kurzen Haaren und harten Gesichtern. Davon gibt es eine ganze Menge, jedenfalls oberflächlich betrachtet. Aber die Sorte, auf die ich wirklich stehe, die gibt es nicht oft. Ich stehe auf Typen mit einem ganz bestimmten fiesen Zug um den Mund und hellen, stechenden Augen, die mehr sehen, als man denkt. Typen, die wie Kampfhunde sind: Du hältst ihnen 'nen Stock hin, einfach so, mal gucken, was kommt, und sie tricksen dich aus und beißen sich fest. Typen, die ständig versuchen, dich einzuschüchtern, die niemals aufhören zu kämpfen, auch wenn sie schon am Boden liegen, gefesselt, vollgepißt und wundgefickt bis zum Gehtnichtmehr. Typen, die mir ebenbürtig sind. Wahre Gegner sind wahre Partner.

Und so einer war er.

Er sah mich ruhig an. Seine hellgrauen Augen schimmerten verschwommen, aber sein Blick war scharf wie ein Messer. Und dann, ohne mich aus den Augen zu lassen, legte er eine Hand auf seinen Schenkel, und ich wußte sofort, was er gleich tun würde. Ich richtete mich auf und sah zu, wie er ganz langsam seine Jeans aufknöpfte und seinen Schwanz rausholte.

Ich habe schon einige fette Wummen gesehen, aber seine war bei weitem die größte. Und obwohl ich mich seit vielen Jahren nicht mehr hab ficken lassen, wollte ich auf einmal verdammt gerne wissen, wie es sich anfühlen würde, diese Riesenramme in meiner Kimme zu haben. Und ich glaube, er hat das gespürt.

Er langte rüber, krallte seine kräftigen Finger in meine Haare und zog meinen Kopf ruckartig in seinen Schoß. Ich war so überrumpelt, daß ich mich zwei, drei Sekunden lang nicht wehrte, und das nutzte er aus. Seine andere Hand griff meinen Kiefer und zwängte ihn auf, und dann rammte er mir seinen Schwanz in den Mund, so weit, wie es nur ging.

Das alles ging verdammt schnell, aber ich war am Ende doch schneller. Ich stemmte den Kopf in den

Nacken, schoß hoch und donnerte ihm gleichzeitig meinen Ellbogen in den Solarplexus, und nach Luft schnappend ließ er mich los.

Keuchend hockten wir dicht voreinander.

„Du bist zu langsam, Bursche", sagte ich und spuckte aus, knapp an seiner Schulter vorbei, obwohl mir das Wasser im Munde zusammenlief. Er verstand die Botschaft und grinste breit.

„Schmeckt's?" fragte er mit rauher Stimme, und dann griff er zum zweiten Mal nach mir. Er schlang seine Hand um meinen Nacken und zog mich zu sich heran, und während unsere Lippen sich aufeinanderpreßten, faßte ich nach seinem Schwanz. Heiß und prall lag er in meiner Hand, so dick, daß er meine Finger auseinanderzwängte. Als ich meine Faust langsam nach oben zog und seine pochende Eichel zusammendrückte, stöhnte er in meinen Mund.

Er griff mit einer Hand nach meinem Beutel, der gut verpackt gegen die Jeans drückte, und quetschte ihn leicht, und jetzt war ich es, der stöhnte. Irgend etwas an ihm, an der Art, wie er mich berührte, machte mich völlig verrückt. Ich kapierte nicht genau, was es war, was eigentlich überhaupt los war, aber das alles fühlte sich unglaublich gut an. So gut, daß ich vor lauter Aufregung nicht wußte, was ich als nächstes wollte.

Sonst passiert mir das nie. Ich weiß immer, meistens schon, bevor es losgeht, wie weit ich gehen kann, was ich tun werde und wie ich es tun werde. Wie lange, wie hart. Instinktiv weiß ich Bescheid; ich kann meine Partner gut einschätzen, ich täusche mich selten. Als ich noch jünger war, ist es ein paar Mal vorgekommen, daß ich über die Stränge schlug und einen Burschen härter rannahm, als angebracht war. Aber das waren Anfängerfehler, das ist lange vorbei. Heutzutage passiert mir das nie mehr. „Ein versierter Lover, bei dem jeder Handgriff sitzt", so hat mich einer mal charakterisiert. Ich fand das sehr treffend.

Es passiert mir schon lange nicht mehr, daß ich beim Ficken nicht weiß, was ich tun will. Und schon gar nicht passiert es mir, daß ich nicht weiß, was ich tun will, weil ich alles zugleich will.

Aber mit ihm war es so.

Ich riß ihn mit einer Hand zu mir heran, und er tat dasselbe mit mir. Und während er mir in die Zunge biß, so, daß ich es gerade eben aushalten konnte, und wir beide uns ineinander verkeilten und durchs feuchte Gras rutschten, ächzend und stöhnend, währenddessen versuchte ich, die Oberhand zu behalten. Aber irgendwie gelang es mir nicht. Stattdessen gab ich nach, ich gab seinen kräftigen Fingern nach und den harten Stößen seiner Lenden, die mich zu Boden preßten. Sein steifer Schwanz entglitt meinen Fingern und bohrte sich in das Loch, das die zwei aufgesprungenen Knöpfe in meiner Hose ihm geöffnet hatten. Plötzlich hielt er inne und rollte sich von mir herunter.

Wir lagen schwer atmend im Gras und sahen uns an. Ein Stück weiter oben, auf dem Weg, ging jemand vorbei. Irgendwo rief einer etwas, ein Baum raschelte, die Lampions schaukelten über dem Schiffsdeck, und hinter den Fenstern des Schiffes tanzten immer noch Leute.

Auf einmal lächelte er. Ganz kurz nur. Er hatte immer noch diesen fiesen Zug um den Mund rum, und den hatte er auch, als er gleich darauf sagte: „Ich will es nicht hier machen. Nimm mich mit zu dir."

Also nahm ich ihn mit.

Auf den Monitoren ist immer noch morastiges Laub zu sehen, das von unsichtbaren Füßen aufgewirbelt wird. Ganz links kommt ein Ast ins Bild und verschwindet gleich wieder außer Sichtweite, und ich weiß, als nächstes wird eine Pfütze auftauchen.

Jop sitzt immer noch ungeduldig neben mir und sieht mich auffordernd an. Ich weiß genau, was er hören will, aber ich habe nicht vor, ihm irgendwas zu erzählen. Jedenfalls nichts, was die vergangene Nacht betrifft.

„Mann, bist du zu, Alter", sagt Jop und schüttelt mißbilligend den Kopf. Ich grinse vor mich hin, ohne die Monitoren aus den Augen zu lassen. Die Pfütze ist einmal senkrecht durch alle Bildschirme gezogen und fließt gerade am untersten Bildrand heraus.

Ich hab schon immer meistens mein Maul gehalten. Ich rede nicht gerne; wenn sich's vermeiden läßt, halte ich lieber die Klappe. Es wird ohnehin ständig gelabert und gequatscht auf der Welt, und ungefähr 99% davon ist komplett überflüssig. Wirklich wichtig sind nur Warnrufe und knappe Befehle, finde ich. Das sind auch die Sachen, die Spaß machen – kurze, harte Befehle, ein paar dreckige Worte und so –, aber der Rest?

Ich rede jedenfalls wenig, gerade mal ein bißchen mehr als das Nötigste, und das vermutlich auch nur, weil man nicht umhin kommt, wenn man unter Menschen lebt. Ich rede wenig, auch auf der Arbeit. Ich schätze, daß die meisten Leute mich deshalb seltsam finden, aber mich spricht nie jemand daraufhin an. Nur Jop, ab und zu. Aber Jop ist schließlich eine alte Plaudertasche und extrem neugierig obendrein.

„Mann, Alter, bist du zu, gibt's ja nicht", murmelt Jop, und ohne hinzusehen weiß ich, daß er mir wieder mal auf den Sack starrt.

Bereits jetzt fühle ich, wie es mir besser zu gehen beginnt. Ich bin nicht mehr so total durcheinander. Es reicht schon aus, daß ich mit jemandem zusammen bin, der das alte Muster wieder herstellt. Jemand, der mit mir in die Kiste will und dafür alles in Kauf nähme.

Jop rutscht unruhig auf der Bank hin und her, und seine Gummisohlen quietschen auf dem Fußboden.

„Guck doch mal richtig hin", sage ich und deute auf die Monitoren, wo gerade ein Grasbüschel zwischen abgestorbenen Ästen und fauligen Blättern auftaucht.

„Gott im Himmel, ist das langweilig." Jop rückt näher an mich heran. „Könn'n wir nicht was anderes machen?"

„Was denn?"

„Ficken."

„Is nich, Junge", sage ich und stehe auf. „Komm, wir haun ab."

Wir latschen quer durch die große Halle zum Ausgang, Jop vorneweg und ich hinter ihm her. Jop murrt leise vor sich hin, die Hände tief in den Taschen seiner Jeans vergraben. Die Jeans ist eine von dieser modernen Sorte, die die Jungs seit ein paar Monaten alle tragen, mit tausend Nähten am Arsch und den Knien und 'ner kleinen Extratasche an der Seite. Wundert mich ja, daß Jop die Piepen für so ein sauteures Teil hingelegt hat, wo er doch sonst andauernd darüber jammert, daß seine paar Kröten hinten und vorne nicht reichen. Jop fährt seit 'ner Latte von Jahren Gewürze durch die Gegend, und reich wird man davon nicht. Vor allem, wenn man nur zwei Schichten pro Woche einlegt. Aber meine Sache ist das ja nicht.

Jedenfalls schlabbert diese modische Jeans um Jops kleinen Arsch, der gelangweilt vor mir hin und her schwenkt, und ich muß daran denken, wie knackig die Jeans des Kerls von heute nacht gesessen haben. Er hat eine ähnliche Jeans wie Jop getragen, nur enger, und die Chaps hatten genau die richtige Passe: nicht zu eng und auch nicht zu locker.

„Nicht übel", hatte ich gesagt, als er vor mir her durch den kleinen Flur in mein Zimmer gegangen war. Er war ruckartig stehengeblieben, hatte sich umgedreht und mich angestarrt.

„Was hast du gesagt?" fragte er drohend.

Auf einmal war der Flur wie ein Käfig, er der Löwe und ich die Gazelle. Ich wich ihm aus, aber zu spät. Seine flache Hand erwischte mich voll. Mein Kopf knallte gegen die Wand, und dann sah ich Sterne.

Jop nickt dem Kartenabreißer, einem Bürste-Piercing-Bruder, zu und stößt die Eingangstür auf.

„Gehn wir 'n bißchen gucken?" Er will tatsächlich ficken.

„'kay, ich geh mit."

Der Kadett springt erst beim dritten Versuch an, und Jop flucht die ganze Fahrt bis zum Tiergarten über.

„Scheißkarre! Mistige Dreckskarre. War 'n Fehlkauf, von Anfang an. Hätte ich mir denken könn'n. Der Bursche, der ihn mir verkauft hat, sah schon so schlitzohrig aus. 'n Pole oder so. Scheißkarre." Er schlägt oben aufs Armaturenbrett, und ein Foto, das seitwärts zwischen Handschuhfach und Lenkrad geklemmt hatte, flattert zu Boden.

Ich hebe es auf. Der Junge darauf mag Türke sein oder Araber, vielleicht siebzehn, achtzehn. Ich habe ihn noch nie gesehen. Er sieht auch nicht so aus wie irgend jemand, mit dem ich zu tun haben könnte. Weder ich, noch Jop.

„Is 'n das?"

Jop, der immer noch flucht, wirft einen Blick auf das Foto, verstummt abrupt und reißt es mir aus der Hand. „Kennste nich."

„Du wirst ja rot."

„Werd ich nicht", sagt Jop und bremst so hart vor einer roten Ampel, daß ich um ein Haar mit dem Kopf gegen die Windschutzscheibe donnere. „Halt's Maul und schnall dich gefälligst an, wenn du mit mir fährst, du … du …"

„Wichser?"

„Genau."

Er fährt rechts ran, stellt den Motor ab und sieht mich auffordernd an. „Was is jetzt?"

Er ist nicht nur so aggressiv, weil er ficken will. Sondern weil er tatsächlich irgendwas mit dem Jungen da zu schaffen hat. Geht mich nichts an. Sowenig, wie ihn meine Sache was angeht.

„Zieh ab, Mann. Ich guck 'n bißchen rum. In 'ner Stunde dann hier. Gut so?"

Er schielt auf mein Paket. „Besser wär's, du kommst mit."

„Gib's auf, Jop. Gib's endlich auf."

„Nein", sagt er und steigt aus dem Wagen. „Werd ich nicht tun. Solange, bis ich dich rumgekriegt hab."

Ich sehe ihm nach, wie er mit wiegenden Schritten davontrabt, die Hände tief den Taschen seiner Jeans vergraben. Als er außer Sicht ist, ziehe ich das Schlüsselbund aus dem Zündschloß. Ich steige ebenfalls aus, schließe ab und gehe in die entgegengesetzte Richtung davon.

Wie gesagt, früher war ich jeden Tag auf der Jagd. Wenn meine Kommilitonen sich noch bei einer Apfelschorle über Skrotalhernien, Urhidrose oder den Sinn bestimmter Vivisektionen unterhielten, war ich schon längst auf der Pirsch. Ich mochte das: auf der Bank sitzen und glotzen, in die Luft glotzen natürlich. Kein Grinsen, kein Blick. Einfach nur sitzen und glotzen. Und dann ab und zu eine Fluppe, halb angeraucht auf den Boden. Verlangsamte Schritte; einer von zehn macht es richtig: „Dir is was runter gefallen." Aufstehen und gehen. Der Typ hinter mir her.

Ich hatte einen Lieblingsbaum, ziemlich weit drin im Gestrüpp. Im Halbdunkel gab es welche, die sich nicht trauten. Auf halber Strecke drehten sie um. Nicht schade drum. Es gab genug, die sich trauten. Wer sich nicht hinkniet, ist durchgefallen. Auch die gingen dann wieder.

Ich mochte das: die Blätter und Äste, die über mir rascheln, der leichte Luftzug um meinen Schaft und die Wärme eines Mundes davor. Manche können verdammt gut blasen, so gut, daß ich Sterne sah an einem sternlosen Himmel.

Ich mochte das alles, und ich mag es eigentlich immer noch. Nur, daß meine Zeit als Feld- und Wiesenhomo abgelaufen ist, jedenfalls denke ich das. Die Dinge haben eben ihre Zeit, und irgendwann ist sie vorbei. Wie alles andere auch.

Ich gehe über die kleine Brücke mit den Löwen an jedem Ende, an einer Bank vorbei, auf der ein Typ sitzt und vorgibt, in der Abendsonne Zeitung zu lesen. Hinter der nächsten Kurve setze ich mich auf einen frisch abgesägten Baumstumpf. Die Luft ist mild, ein paar Vögel singen, und ab und zu radelt jemand auf dem nahegelegenen Hauptweg vorbei. Ich sitze da und überlege, wie ich mich eigentlich fühle, und dann fällt mir was ein.

Den meisten hab ich voll auf die Brust gespritzt, oder zwischen die Backen – die, die ich gefickt hab. Aber das war eher selten. Meistens stand ich an den Baum gelehnt da und sah zu, daß es mir möglichst spät kam, und dann zog ich ihn raus, trat dem Typ leicht in den Bauch, daß er zurückwich, und spritzte ihm voll auf die Brust.

Bis auf einen hab ich alle dazu gekriegt, das Hemd hochzuziehen; vorher, versteht sich. Nur ein einziger wollte partout nicht. Das war einer mit einem ziemlich schiefen Gesicht, der mir zuerst nicht gefiel und dann irgendwie doch.

Auf dem Weg zum Baum war er einen Tick zu dicht hinter mir hergegangen, und daran hatte ich gemerkt, daß er Anfänger war. Ich blieb einfach stehen, und er prallte gegen mich. Und obwohl ich 'ne ziemlich dicke Jeans trug, konnte ich für einen Moment sein Gehänge an meinem Arsch spüren, steif und zitternd.

Er hatte 'ne dünne Sommerhose an, und ich griff nach hinten und packte fest zu, und dann zog ich ihn weiter. Am Baum ließ ich ihn los und drehte mich um. Er war weiß wie 'ne Wand und stand gekrümmt da, und als ich 'nen Blick auf seine Keule warf, spritzte er ab. Einfach so, zack und peng. Sah richtig komisch aus, wie dieser nasse Fleck von innen seinen Hosenlatz durchweichte. Er fing sich drei oder vier heftige Ohrfeigen dafür ein, und dann, nachdem er mich 'ne Weile ganz passabel geblasen hatte, schob ich ihn an den Baum, stützte mich ab und fickte drauf los, was das Zeug hielt.

Ich knallte ihm meinen Schwanz so tief in die Kehle, daß er anfing zu husten. Als er versuchte, den Kopf wegzudrehen, griff ich runter und hielt ihn fest, und dann fickte ich weiter, so hart und tief es nur ging.

Ich wette, daß er Angst hatte, ich würde einfach so abspritzen. Aber das hab ich nie gemacht, kein einziges Mal, ohne Gummi. Damals, mit diesem Anfänger da, hatte ich keins. Während ich meinen Dicken tief in der Kehle des Burschen versenkte, versuchte ich, sein Hemd aufzureißen, aber er wollte partout nicht. Er stieß meine Hand weg, noch mal und noch mal, und schließlich brauchte ich beide Hände, um seinen Kopf festzuhalten, damit er nicht abhaute, der Scheißer. Und die ganze Zeit über mußte ich natürlich darauf achten, daß ich nicht kam. Ganz schön schwierig, das Ganze. Am Schluß kam ich so plötzlich, daß ich ihn gerade noch rausziehen konnte. Ich spritzte ihm vorn auf die Hose, genau auf den dunklen Fleck in der Mitte.

Er sah aus, als ob er gleich heulen würde, und ich drehte mich um und ging weg.

Das alles ist lange her, und in der ganzen Zeit, die seither vergangen ist, habe ich mir nicht viele Gedanken darüber gemacht. Aber jetzt, während ich da auf dem Baumstamm sitze und darauf warte, daß diese Stunde vergeht und Jop seine Geschäfte erledigt, jetzt frage ich mich, wie sich dieser Bursche damals wirklich gefühlt und was es mit ihm gemacht hat. Ich muß an seinen Gesichtsausdruck denken, als ich ging, und an die hilflose Geste, mit der er seinen Hosenlatz zu bedecken versucht hatte. Und irgendwie ist mir die Antwort klar.

Er hatte so ausgesehen, wie ich mich heute nacht gefühlt habe. Nachdem der Kerl meine Wohnung verlassen und mich desorientiert und verwirrt zurückgelassen hatte wie eine Fledermaus, die sich plötzlich in einem verschlossenen Raum wiederfindet statt auf dem offenen Dachboden, wo sie eigentlich wohnt.

„Ich will es nicht hier machen. Nimm mich mit zu dir", hatte er gesagt, und irgendwie klang das in meinen Ohren fast zärtlich. Aber als wir miteinander fertig waren, das heißt, er mit mir, da war von Zärtlichkeit nichts mehr übrig gewesen.

Und jetzt habe ich knapp drei Tage Zeit. Drei Tage, um den bitteren Geschmack aus meinem Mund loszuwerden, diesen bitteren Geschmack nach Ekel und Scham. Drei Tage, um mich zu regenerieren.

Dies ist der erste davon.

Während ich dasitze und vor mich hinstarre, spüre ich auf einmal, wie die Spitze meines rechten Zeigefingers ganz warm wird, so als sei ein Stück glühender Asche hinaufgefallen. Ich sehe runter und entdecke einen letzten, schwachen Sonnenstrahl, der sich zwischen den dichten Blättern der Bäume hindurch einen Weg genau auf meinen Zeigefinger gebahnt hat.

Es kommt mir vor wie ein Omen. Oder besser gesagt, wie ein Zeichen. Wie das Leuchten hinter der Scham. Wie der klitzekleine Teil Liebe hinter der Brutalität.

Aber vielleicht bilde ich mir das alles nur ein.

Als ich beim Kadett ankomme, sitzt Jop schon auf der Kühlerhaube und guckt mir mürrisch entgegen.

„Was 'n los? Kein Glück gehabt?"

„Doch", sagt Jop. „Aber Glück kann man das nicht nennen. Oder warste schon mal glücklich nach 'm Tiergarten?" Er sieht mich argwöhnisch an, und ich weiß ziemlich genau, was er denkt.

„Falls es dich interessiert, Jopi-Boy: Ich bin nur ein bißchen herumspaziert und hab nachgedacht. Das kann man übrigens auch im Tiergarten tun. Der ist nicht nur zum Ficken da."

Jop langt rüber, aber ich ziehe schnell den Kopf ein.

„Benimm dich. Denk dran, ich hab den Autoschlüssel."

„Dann fahr doch. Is mir nur recht."

Ich fahre die Straße des 17. Juni runter, biege vorm Brandenburger Tor rechts rein und umrunde einmal das Areal am Potsdamer Platz. Die bunten Lichter des Imax-Theaters leuchten weit in die Dämmerung hinein, und die futuristischen Gebäude glänzen wie frisch gebohnert.

Jop und ich werden uns wortlos einig. Ich setze den Wagen schwungvoll in die Lücke, die ein fetter Mercedes soeben hinterlassen hat, und dann schlendern wir einmal quer durch die Arkaden, wo sich ungeachtet der vorgerückten Stunde immer noch die Kundschaft drängt. Jop ißt ein Fischbrötchen und ich nehme zwei, und jeder von uns trinkt eine Coke. Eine Weile überlegen wir, ob wir ins Imax gehen sollen. Dann, als wir uns dazu entschließen, können wir uns nicht einigen, was wir sehen wollen. Ich bin für „Wunderwelt der Meere", und Jop besteht auf „Everest – Gipfel ohne Gnade". Schließlich lassen wir es ganz sein.

„Beluga?" fragt Jop, als wir die Arkaden verlassen.

„Beluga", sage ich. „Und den Kadett darfst du gern selbst wieder fahren."

„Scheißkarre, nicht wahr?"

„Scheißkarre."

Mit Jop zusammenzusein tut mir meistens gut. Besonders, wenn ich in komischer Stimmung bin oder mich ein bißchen verloren fühle. Das kommt zwar nicht oft vor, aber es kommt eben vor.

Ich bin kein Mensch, der zum Grübeln neigt. Würde ich dazu neigen, dann wäre ich schon längst in der Klapse gelandet. Wie gesagt, ich grübele nicht oft, aber manchmal eben doch, und in letzter Zeit ein bißchen häufiger. Und seit ich heute morgen aufgewacht bin, komme ich aus dem Grübeln nicht mehr so richtig heraus.

Jop hat mich zwar abgelenkt, aber trotzdem fühle ich mich immer noch ganz schön angeschlagen. Markus erkennt das sofort.

„He, ihr zwei!" ruft er, als wir die Beluga-Bar betreten. „Machste 'n bißchen Aufmunterungsprogramm für Lenny, Jop? Das ist fein."

„Wieso?" fragt Jop und wirft mir einen schrägen Blick zu, als sei ihm erst jetzt aufgegangen, daß mit mir vielleicht etwas nicht ganz in Ordnung sein könnte. „Lenny ist doch okay, oder nicht?"

„Klar bin ich okay." Ich stoße Markus leicht in die Seite. Er grinst, aber er hält wohlweislich den Mund.

Er lehnt wie üblich am Tresen und hat zur Abwechslung mal eine Fanta vor sich stehen. Neben ihm hockt Reto, ein Freund von ihm, ein ziemlich knackiger Schweizer, und der hat wiederum diesen anderen Typen dabei, Willem. Ein komischer Typ. Nicht schlecht, aber irgendwie komisch. Ich hab noch nie mit ihm geredet. Markus findet, daß wir uns mal kennenlernen sollten, aber ich weiß nicht so recht.

Ich nicke den beiden zu, und dann bestelle ich bei Rodney zwei Bier, eins für Jop, eins für mich.

Rodney zwinkert mir zu. „Geht auf Kosten des Hauses", sagt er und schiebt mir das Bier hin. „Als Dankeschön für gestern abend."

Ich winke ab, aber ich muß lächeln. Rodney sieht ziemlich zufrieden aus.

Während ich zuhöre, wie Jop Markus von unserem Tag erzählt, schaue ich mich um, und da sehe ich Rodneys Beute, am Ende der Bar. Das Bürschchen ist abgeschminkt und trägt keine Perücke. Ich erkenne ihn kaum, aber ich weiß, daß er es ist, denn Rodney zwinkert mir schon wieder zu und hebt nickend den Daumen. Sein Freund blickt hoch und zu mir her. Er erkennt mich nicht mehr.

Plötzlich haut Reto mich von der Seite an.

„Lennart. Wie läuft der Job?"

Reto ist wirklich ein knackiger Typ. Er hat dunkles kurzes Haar und ein Piercing in der rechten Augenbraue, aber trotzdem ist er nicht der klassische, plumpe Bürste-Piercing-Typ. Ich glaube, das liegt an seinem fein geschnittenen Gesicht mit den wachen Augen. Und an seinem bedächtigen Schweizer Dialekt natürlich. Ich hätte bestimmt nichts dagegen, ihn mal zu bumsen, aber bislang hat es sich einfach noch nicht ergeben.

„Gut", sage ich.

Er nickt. „Und wann steigt das große Ding? Markus hat mir davon erzählt", fügt er hinzu, als er mein Gesicht sieht. „Er hat was von Montag gesagt."

„Stimmt. In drei Tagen", antworte ich, und mein Herz setzt für einen Schlag aus, als ich mich das sagen höre.

„Also ich könnte das nicht. Irre Sache, muß ich schon sagen."

Ich spüre, wie Willem mich mustert, und mir fällt beim besten Willen keine Antwort ein. Von Markus und Jop ist keine Hilfe zu erwarten, die beiden unterhalten sich immer noch.

„Viel Glück", sagt Reto und steht unvermittelt auf. „Wir müssen jetzt gehen. Ihr kennt euch doch, Willem und du?"

Willem und ich nicken beide. Einen Moment lang sehen wir uns in die Augen, dann ist der Moment schon wieder vorbei. Er hat graue Augen, stelle ich fest. Graue Augen, so grau wie Nebel im Herbst.

„Wo geht ihr denn hin?" höre ich mich fragen.

Willem lächelt, ganz leicht.

„Ins Kino", antwortet Reto, und bevor er noch etwas hinzufügen kann, dreht Willem sich um.

„Tschüs", sagt er über die Schulter zu mir und schiebt ab.

„Der wär was für dich." Markus hängt sich an meinen Arm, als Reto sich von ihm verabschiedet hat.

„Reto?"

„Nein. Willem. Der wär was für dich."

Ich zucke mit den Achseln und hänge den Daumen nach unten. „Nicht mein Geschmack."

„Offensichtlich doch. Oder weswegen schielst du ihm sonst so auf die Eier?"

Der Abend läuft nicht gut. Oder vielleicht läuft er ja gut, nur bin ich nicht gut drauf. Nach 'ner Weile ist der Laden voll, die gewohnte Mischung: 'n paar Ledertypen, 'n paar Transen, ein paar Tunten, 'n Haufen Jungs und auch einige Muckis. Und Pullis natürlich, Pullis ohne Ende.

Ich weiß nicht warum, aber Pullis sind echt überall. Wenn ein Pulk von denen rausgeht, schiebt schon der nächste nach, kann man nichts gegen tun. Überall stehen sie und lächeln ihr ordentliches Lächeln. Selbst wenn du ihnen auf die Schuhe pißt, lächeln sie weiter. Oder fangen an zu diskutieren. Ich weiß das, ich hab es erlebt. Und außerdem hab ich mit lauter Pullis studiert.

Ich stehe schon 'ne Weile da und guck mir das Angebot an, da seh ich einen Hinterkopf. Mir fällt die Flasche fast runter, und ich muß mich an den Tresen lehnen. Ich weiß nicht, was ich machen, wie ich mich benehmen, noch nicht mal, wie ich gucken soll. Ich weiß gar nichts.

„He", sagt Markus und faßt mich am Arm. „Lennart? Ist dir nicht gut?"

Mir ist nicht gut, mir ist überhaupt gar nicht gut. Markus kneift mich, dann dreht der Hinterkopf sich ins Profil, und ich erkenne, daß er es nicht ist. Ich bin so erleichtert, daß ich fast in die Knie gehe.

„Mann", sagt Markus. „Lenny. Was ist bloß mit dir los? Ist es wegen Montag? Oder wegen dem Typ von heut nacht?"

„Wegen Montag natürlich."

Markus sieht mich nachdenklich an. Er glaubt mir nicht ganz, und eigentlich ist er beschäftigt, er redet mit einem von seinen Gelegenheitslovern, der sich auf Jops Hocker breitgemacht hat. Jop selber ist außer Sicht.

Markus hat eine Vorliebe für schräge Vögel, solche mit Schlaghosen und tief ins Gesicht gezogenen Pudelmützen, und dieser ist einer davon. Ich weiß nicht, was Markus an solchen Knilchen findet, aber er hat einen Haufen davon. Sie himmeln ihn an. Verständlicherweise.

Eigentlich ist Markus beschäftigt, aber er macht sich Sorgen um mich. Meistens werde ich sauer, wenn ich das merke, aber heute bin ich zu müde dafür.

„Du wirst das schon schaffen", sagt Markus. „Sag mal, wie hieß dieser Typ von heute nacht eigentlich?"

„Keine Ahnung."

„Du weißt nicht, wie er heißt?"

„Nein", sage ich, plötzlich wütend. „Ich weiß es nicht. Und es ist auch egal. Weißt du etwa den Namen von jedem Typen, mit dem du 'ne Nummer geschoben hast?"

Ich rede laut, und Markus' pudelbemützter Verehrer wirft mir einen mißtrauischen Blick zu. Er hat Angst, daß ich Markus was tue. Das liegt daran, daß ich wie ein brutales Arschloch aussehe und unter der Rubrik 'ganz harter Kerl' laufe. Ich werfe ihm einen bösen Blick zu, und er zieht sich vorsichtig hinter Markus' Rücken zurück. Wahrscheinlich mußt er erst mal scharf nachdenken, wie er jetzt reagieren soll.

„Reg dich ab, Lenny", sagt Markus leise. „Das war ja wohl was anderes heute nacht, oder nicht? Das war nicht nur 'ne Nummer."

Er war vor ungefähr einer Viertelstunde gegangen, und seitdem hatte ich bewegungslos auf dem Bett gelegen und an die Decke gestarrt, als es auf einmal leise an der Tür klopfte. Wie von der Tarantel gestochen sprang ich hoch und stolperte in den Flur. Mein Magen fühlte sich wie ein kleiner, harter Knoten an. Alle Knochen taten mir weh, und ich war mir nicht sicher, ob ich überhaupt aufmachen sollte. Aber dann tat ich es doch.

Er war es nicht. Es war Markus.

„Mann!" sagte ich wütend. „Seit wann klopfst du so leise?"

Markus schüttelte verwundert den Kopf. „Was ist denn mit dir los? Da klopf ich mal leise, weil es so früh ist, und schon bist du sauer."

Er hatte gebumst, das sah ich deutlich. Seine Augen waren klar und glänzten, und er hatte diesen Zug um den Mund, den er immer hat, wenn es ihm so richtig gut ergangen ist. Ich drehte mich wortlos um und ging ins Zimmer zurück, und Markus trottete hinter mir her.

„Mann", sagte er und ließ sich in meinen Sessel fallen. „War der geil, der Alte! Und wie war es bei dir?" Und dann bemerkte er mein finsteres Gesicht und die Schrammen und Kratzer, die sich quer über meine Brust zogen.

„He, was ist das denn? Hast du die Fronten gewechselt?"

Genauso fühlte ich mich tatsächlich: Als hätte ich die Fronten gewechselt, allerdings unfreiwilligermaßen. Es lag gar nicht mal so sehr an den Schrammen und Kratzern und an den blauen Flecken, die sich erst später herausbilden würden. Es lag an dem Gefühl der Unausgefülltheit, das dieser Kerl da hinterlassen hatte. Es lag daran, wie er mich umarmt hatte, bevor er gegangen war. Und an den Worten, die er mir hingespuckt hatte, als er dann ging.

„Wenn du mehr willst, vergiß es. Einer wie ich bleibt für immer allein", hatte er gesagt. „Keine Chance. Denn du bist einer wie ich."

Markus sah mich nachdenklich an. „Nun mal los, Lenny. Mund auf und raus mit den drei Worten."

„Es sind vier: Fick dich ins Knie."

Markus lachte.

Ich wollte nicht reden. Zum ersten Mal, seit ich Markus kannte, hatte ich nicht die geringste Lust, ihm zu erzählen, was passiert war. Aber dann tat ich es doch. In ein, zwei Sätzen. Das reichte. Markus ist schließlich ein cleverer Bursche.

„Das geht dich nichts an", sage ich jetzt, und Markus nickt. Sein Verehrer lugt vorsichtig hinter seinem Rücken hervor. Wahrscheinlich hat er sich in der Zwischenzeit eine Strategie ausgedacht, wie er mich, den großen, bösen Lennart, beschwichtigen kann. Gleich wird er irgendwas sagen, um mich von Markus abzubringen.

„Du, ej, Lennart, ne?" Pudelmütze versucht, locker zu klingen. „Heut ist doch echt 'ne gute Stimmung hier. Wenn du Ärger willst, dann such ihn dir doch woanders."

Ganz toll. Super hat er sich das ausgedacht. Ich merk, wie sich mir die Nackenhaare sträuben, einfach weil dieser Bursche es wagt, mich anzupopeln.

Markus muß grinsen und schiebt die Lusche nach hinten. „Komm, Len, nicht stinkig werden. Such dir lieber 'nen Knaben zum Gernhaben. Und denk dran, paß auf deine Pranken auf. Die brauchst du demnächst noch für wichtigere Sachen!"

Er hat recht, er hat verdammt noch mal recht. Das hatte ich fast vergessen.

Angefangen hab ich mit so einfachen Sachen wie Bänderrissen. Dann kamen die Blinddärme, Amputationen und schließlich die ersten Krebsgeschwüre. Ich bin ein ziemlich guter Chirurg, und ich glaube, das liegt daran, daß ich mich nicht ablenken lasse. Das war schon als Kind bei mir so: Wenn ich mit einer Sache beschäftigt war, dann war ich damit beschäftigt und mit nichts sonst. Was nicht heißt, daß ich dadurch etwa einen eingeschränkten Blick hätte. Nein, wenn's drauf ankommt, kriege ich sehr wohl mit, was um mich rum passiert, egal ob ich Zeitung lese, einen Herzmuskel freilege oder eben ficke.

Als ich noch in der Onkologie gearbeitet habe, war ich ziemlich geschickt in Tumoroperationen. Da, wo es drauf ankommt, genau richtig zu schneiden, damit der Tumor nicht streut. Das ist teuflisch bei diesen Teilen: Schneidet man zu tief oder nicht an der richtigen Stelle, dann breitet sich der Krebs schneller aus, als du dir vorstellen kannst.

Ich hatte ein ziemlich gutes Händchen dafür, aber irgendwann wollte ich einfach nicht mehr. Diese ausufernden Geschwüre, der entgleiste Kampf der Zellen, das Wuchern, das man nicht aufhalten kann. Ich konnte es nicht mehr sehen. Schließlich nahm mich mein Professor beiseite. „Wenn Sie schon nicht in die

Forschung wollen, Herr Wegener: Machen Sie Herzen. Dafür sind Sie der richtige Mann. Vertrauen Sie mir."

Ich hab ihm nicht unbedingt vertraut – es gibt niemanden, dem ich wirklich vertraue, und nur ein paar Menschen, denen ich ein bißchen vertraue. Aber ich hab seinen Rat fürs erste befolgt.

Markus' Rat befolge ich ebenfalls. Es ist schon nach zwei, als ich aufhöre, den Laden mit den Augen abzusuchen, in der bangen Hoffnung, ein bestimmtes Gesicht zu entdecken. Gerade überlege ich, einen der Jünglinge zu erhören, die mich seit geraumer Zeit anpeilen, da kommt Tom auf mich zu, im Schlepptau einen großgewachsenen Jungkerl, der nicht übel aussieht. Tom ist ein alter Szenehase. Wir sind wie Trucker auf der Autobahn: Manchmal treffen wir uns an einer Raststätte, unterhalten uns kurz, dann geht's wieder ab auf die Piste, jeder für sich.

„Lenny! Hi! Wie geht's dir?"

„Okay."

Tom dreht sich zu seinem Begleiter um, der mich interessiert, aber auch ein bißchen verlegen mustert. „Das ist Lennart, die heißeste Nummer *in town*. Mich natürlich mal ausgenommen."

Ich fasse es kaum, aber der Bursche wird tatsächlich rot.

„Wirklich?" Er sieht mich vorsichtig an.

Ich werfe Tom einen kurzen Blick zu. Er nickt, und ich richte meine Augen wieder auf den Nachwuchskerl, der mich unverwandt ansieht.

„Kleine Probe gefällig?" sage ich leise.

Auf dem Heimweg reden wir kein Wort. Wir nehmen den Bus. Ein- oder zweimal räuspert er sich, als ob er etwas sagen will, aber dann hält er zum Glück doch lieber die Klappe. Ich seh ihn nicht an, ich sehe aus dem Fenster, vor dem die Leuchtreklamen in einer endlosen Folge vorbeiziehen. Von Minute zu Minute wird er nervöser, aber mein Schweigen erstickt seine Aufregung im Keim. Noch bevor wir bei mir zu Hause angekommen sind, weiß ich, daß ich ihn schlagen werde.

Ich weise ihn ein, und er gehorcht mir, sofort, ohne lästige Fragen. Wer auch immer ihn zugeritten hat, Tom oder jemand anders – obwohl ich fast glaube, daß es Tom gewesen ist, so frisch kommt mir der Junge vor –, wer auch immer es war, er hat seine Sache gut gemacht.

Aber ich bin nicht richtig dabei.

Im Halbdunkel des Zimmers zieht er sich aus, ohne Zicken zu machen, und als ich ihm von hinten in die Kniekehlen kicke, um ihn runterzukriegen, leistet er genau das richtige Maß an Widerstand. Nur mit Lippen und Zähnen holt er meinen Schwanz aus der Hose, und als er anfängt zu blasen, erkenne ich, daß er gut ist. Richtig gut.

Ich fische ein Kondom aus meiner Jacke, die überm Stuhl hängt, und schnipse es in eine Ecke des Zimmers, und dann lasse ich ihn kriechen, auf allen vieren. Ich habe kein Licht gemacht, der von außen einfallende Laternenschein reicht mir aus. Er, der mit dem Raum nicht vertraut ist, braucht einen Moment, um das Gummi zu finden. Als es nicht schnell genug geht, trete ich zu. Ich trete nicht stark, aber mein Stiefel hinterläßt dennoch einen roten Abdruck auf seiner rechten Arschbacke, und als er sich umdreht, sehe ich Empörung in seinem Blick, die ich sofort wieder bestrafe.

Während ich ein zweites Mal zutrete und dann noch einmal, spüre ich, wie Zorn in mir aufwallt. Zorn auf mich, auf die Welt, auf die Typen, vor allem aber auf einen, der jetzt nicht hier ist.

„He, bitte!" murmelt der junge Kerl leise, und sofort höre ich auf. Ich hätte ohnehin aufgehört, ich kenne meine Grenzen, ich habe mich gut unter Kontrolle. Er aber sieht nur meinen harten Blick und vielleicht auch den Zorn dahinter.

Mit dem Kinn deute ich auf das Gummi, das er mittlerweile vom Boden aufgehoben hat und nun unschlüssig in den Fingern hält. Er kapiert sofort, und während ich meinen Bolzen vorschiebe, der von seinem Speichel feucht glänzt, reißt er die Hülle auf, nimmt das Gummi zwischen die Lippen und zieht es mir über, wieder ganz ohne seine Hände zu gebrauchen.

Er muß ziemlich lange daran geübt haben, denn er macht es perfekt. Fast habe ich Lust, ihn mich bis zum Ende lutschen zu lassen, aber dazu bin ich zu aggressiv. Ich will zustoßen, und deshalb ziehe ich meinen Dicken zwischen seinen nassen Lippen raus, daß es flutscht, und hebe das Kinn. Er versteht auch diese Geste sofort.

Bereitwillig dreht er sich um, beugt sich nach vorn, stützt sich auf der Stuhllehne ab. Als ich den Stuhl unter ihm wegtrete und seine Hände ins Leere greifen, ist er komplett überrascht. Aber ich lasse ihn nicht fallen. Ich umfasse seine Taille von hinten und drehe ihn zum Bett, und während ich ihn runterdrücke, schmiere ich meinen Dicken. Dann schiebe ich ihn bis zum Anschlag in den Jungkerl hinein, und er schreit auf.

Ich ficke ihn lange, lange Zeit, eine Ewigkeit, wie im Zeitlupentempo, so kommt es mir vor. Im Halbdunkel sehe ich seinen hochgereckten Arsch, in den ich meinen Bolzen versenke, wieder und wieder. Mein Schwanz leuchtet dunkel und naß zwischen den hellen, unbehaarten Backen. Ab und zu zieh ich ihn ganz raus. Zuckend liegt meine pralle Eichel auf seiner Kimme. Ich warte kurz ab, dann schieb ich ihn ihm wieder rein, und der Bursche stöhnt auf.

Die Zeit zieht sich dahin, nichts ist zu hören außer das rhythmische Glitschen, sein Stöhnen und mein eigenes Keuchen. Vor meinen Augen ziehen die Bilder dahin. Nach einer Weile meine ich das zu spüren, was der Bursche unter mir spürt; mein Schwanz verändert sich, biegt sich leicht, die Eichel wird dunkler, der Schaft verdickt sich, nur ein bißchen, ein winziges bißchen. Als ich zustoße, fühle ich im gleichen Moment diesen anderen Schwanz in mir drin. Es tut weh, er stößt so fest zu, sauweh tut mir das. Ein Schrei quillt aus mir raus, ein anderer antwortet mir, und dann fängt alles an zu verschwimmen.

Irgendwann mittendrin höre ich Schritte, sie sind mir vertraut. Der Bursche unter mir kriegt nichts mit. Er wimmert nur noch vor sich hin, und ich beschließe, zum Ende zu kommen. Ich reiße den Jungkerl hoch, presse ihn an mich, sein naßgeschwitzter Rücken klatscht an meinen Bauch. Ich bin so tief in ihm drin wie nur möglich, und dann greife ich mit beiden Händen nach seinem wippenden Schwanz und melke ihn ab. Zwei- oder dreimal ramme ich mich tief in seinen Arsch, dann pumpe ich meine Ladung in ihn hinein. Im selben Moment spritzt auch er los.

Augenblicklich höre ich auf, ihn zu melken. Er versucht noch, sich zu bewegen, aber ich halte ihn fest, eine Hand um seinen Schaft, die andere wölbe ich vor seiner Eichel, nah und doch unerreichbar für seinen zuckenden Schwanz. Er schreit auf, vor Qual und Enttäuschung, und dann quillt seine Sahne in meine gewölbte Hand, ohne daß ich ihn berühre.

„Bitte", jammert er leise. Aber auch, als ich nachstoße, wippt seine Eichel ins Leere. Meine Hand bleibt knapp außer Reichweite für ihn. Als er seine eigene anlegen will, stoß ich sie fort.

Kurz darauf lasse ich ihn los. Er dreht sich um und sieht zu, wie ich sein T-Shirt nehme und mich damit sauber mache. Ich ziehe mir das Gummi ab, schmeiße es ihm vor die Füße, und dann wische ich meinen Bolzen an seinem Hemd ab und danach meine Hand, von der sein klebriger Samen tropft. Ich packe meinen Schwanz wieder ein, knöpfe die Jeans zu und schmeiße ihm das Hemd vor die Füße.

„Verschwinde", sage ich leise.

Wortlos zieht er sich an.

Als er gehen will, zeige ich auf das Gummi am Boden. „Vergiß deinen Müll nicht, Kollege."

Er strafft die Schultern. Für einen Moment wirkt er unschlüssig. Aufmerksam sieht er mich an. Er weiß, daß ihn ich ihn mit meinem letzten Wort gerade geadelt habe, aber zugleich habe ich ihn auch gedemütigt.

Immer noch mustert er mich, ohne daß ich seinen Blick erwidere. Ich sehe knapp an ihm vorbei, und schließlich bückt er sich, hebt das Kondom auf und geht.

Ich fühle mich leer.

In der Nische neben dem Fenster glimmt eine Zigarette auf.

„Was für 'ne Show", sagt Markus leise. Ich gehe zu ihm rüber. Im Dunkeln leuchtet das Weiß seiner Augen. Er sieht zu mir auf. Nach einem Moment erkenne ich seinen Gesichtsausdruck. Er lächelt mich an.

Ich habe gewußt, daß er da ist. Gelegentlich, wenn er in Stimmung ist, sieht Markus mir beim Ficken zu, allerdings nur, wenn ich junge Burschen poliere, niemals bei älteren Typen. Da wäre er auch nicht erwünscht. Aber Markus weiß ohnehin, was sich gehört. Er hat einen Schlüssel zu meiner Wohnung. Keiner von meinen Jungs hat ihn jemals bemerkt; Markus ist Meister in lautlosem Schleichen.

„Du warst nicht ganz da, ist das richtig?" fragt er mich jetzt.

Ich nehme eine von seinen Kippen und zünde sie an. Der Rauch zieht eine Schneise durch meine Brust. Ich antworte nicht. Ich fühle mich immer noch leer.

„Mann, wenn dieser Kerl von gestern dich so durcheinander gebracht hat", sagt Markus, „warum suchst du ihn nicht?"

Während meines Studiums gab es einen Typen, den ich sehr gerne gemocht habe. Gerald war genauso alt wie ich, genauso groß wie ich und genauso gestört. Und vor allem war er ein richtiger Kerl. Er war kerliger als jeder andere Bruder, der mir bis dahin untergekommen war.

Gerald redete mit niemandem außer mir und, wenn es sich nicht umgehen ließ, mit den Dozenten. Das erste, was er zu mir sagte, war: „Bist du etwa auch einer von diesen verfickten Nichtrauchern?"

Das war, nachdem ich ihm im Klo vor dem Hörsaal B zum ersten Mal einen geblasen hatte. Ich war tatsächlich einer von diesen „verfickten Nichtrauchern", aber damals traute ich mich noch nicht, das zuzugeben. Ich schüttelte den Kopf, nahm eine von seinen Fluppen, steckte sie mir lässig in den Mund und vergaß sie dort einfach. Irgendwann später, auf dem Weg zum Hörsaal, schnippte Gerald sie mir schräg aus dem Mundwinkel, und dann grinste er mich lüstern an. „Blasen kannste besser als lügen,

Sugar", sagte er. Er hatte recht, aber damals war ich gerade erst dabei, das zu begreifen.

Gerald und ich hatten eine ganze Reihe von Kursen gemeinsam, und gelegentlich, in den Pausen zwischen zwei Seminaren, gingen wir aufs Klo und fickten. Meistens blies ich ihm einen, ab und zu schob er mir seinen ziemlich hammermäßigen Schwanz rein, und noch seltener holte er mir einen runter.

Mit mir machte er diese ganzen SM-Sachen nicht, die er sonst machte, wie ich wußte. Ich wußte das nicht etwa, weil er davon geredet hätte – das machte er nicht. Ich wußte es, weil er manchmal diesen harten Zug um den Mund rum hatte, wenn ich ihm einen blies. Ab und zu scheuerte er mir eine dabei – einfach so, zack, peng, voll aufs Maul, und dann knallte er mir seinen Dicken bis zum Anschlag rein. Ich hab kein einziges Mal zugebissen in diesen Momenten. Vielleicht hat er drauf gewartet, wer weiß.

Trotzdem, Gerald machte nie diese Sachen mit mir, von denen ich insgeheim träumte, diese richtigen Hardcore-Sachen. „Dafür mußt du dir 'n andern suchen, Sugar", sagte er einmal ganz leise, als er gerade seinen Schwanz aus mir rauszog. Ich hatte überhaupt nichts gesagt, aber er wußte trotzdem Bescheid. Er wischte seinen Schwanz an meinem Arsch ab, verstaute ihn wieder in seiner Lederhose und marschierte aus der Kabine, und mir war klar, daß er nicht weiter gehen würde. Für diese Sachen mußte ich mir wirklich einen anderen suchen. Einen, von dem ich mir nichts wünschte, sondern von dem ich was wollte. Das war der kleine Unterschied.

Gegen Ende des ersten Semesters tauchte Gerald auf einmal nicht mehr auf. Er blieb einfach weg, für immer, aber das fand ich erst nach ein paar Wochen heraus. Es kostete mich ziemlich viel Mühe, seine genaue Adresse herauszubekommen und noch mehr Überwindung, dort aufzukreuzen. Der Typ, der mir aufmachte, hatte 'ne richtig miese, gelangweilte Fresse.

„Der is tot, überfahren", sagte er. „Haste nich mitgekriegt oder was? Is vor 'n paar Wochen passiert. 'n Laster auffer Martin-Luther. War wohl blau."

Ich hab mich damals einfach umgedreht und bin gegangen; ich wollte diese miese Fresse nicht mehr sehen. Eine Zeitlang hab ich mich gefragt, wer wohl gemeint war mit diesem hingerotzten „War wohl blau". Aber irgendwann hab ich dann aufgehört, darüber nachzudenken.

„Tja", sagt Markus. „Ich glaube, ich geh dann jetzt mal."

Ich nicke nur. Ich habe ihm immer noch keine Antwort gegeben. Seit zehn Minuten stehe ich nun schon am Fenster und sehe in die Morgendämmerung hinaus. Ich bin einfach todmüde.

Zum Abschied legt Markus mir die Hand auf die Schulter. Ich spüre, daß er mich gerne umarmen würde, und ich ihn auch, aber wir lassen es sein. Es würde nicht passen. Mein Fick von gerade steht zwischen uns.

Ich bin todmüde, aber als ich schließlich im Bett liege, kann ich nicht schlafen. Ich denke an Markus und das Gesicht des jungen Kerls, als er das Kondom aufhob und ging. Ich denke an den Kleinen und sein Lachen und an Schubert und meine Hände.

Der Himmel färbt sich heller. Morgenröte dringt in mein Zimmer. Für mich sieht es aus wie Blut. Frisches, sehr helles Blut. Irgendwann nehme ich mein Kissen und schleudere es gegen die Wand, und als es herunterfällt, höre ich mich schluchzen.

Als ich aufwache, scheint die Sonne. Ich kann den Widerschein ihrer Strahlen auf der Häuserwand gegenüber sehen. Meine Wohnung liegt im Erdgeschoß, viel zu weit unten im Häusermeer, als daß die Sonnenstrahlen einfallen könnten. Eines Tages werde ich hier ausziehen.

Ich habe ein rauhes Gefühl in der Kehle, und außerdem pocht es in meinen Schläfen. Nach ein paar Sekunden fällt mir alles wieder ein; das, was gestern passiert ist, und das in der Nacht davor. Plötzlich bin ich wütend. Was geht mich dieser Kerl an? Was für ein Recht hat er, in meinen Gedanken zu nisten, mich schon morgens mit seiner lästigen Anwesenheit zu verfolgen?

Es ist überhaupt nichts passiert, sage ich mir. Nur ein Fick, ein verdammt heißer Fick. Kein Grund, sich anders zu fühlen als sonst.

Vielleicht denke ich nur an ihn, weil ich mich ablenken will. Von wichtigeren Dingen. Von wirklich wichtigen Dingen.

Noch zwei Tage, heute mit eingerechnet. Noch zwei Tage und zwei Nächte, um mich zu regenerieren. Und vorzubereiten.

Ich rolle mich auf den Bauch und strecke mich, und mein Blick fällt auf meinen Unterarm, der in der dunklen Ecke zwischen Kissen und Wand liegt, so locker, als gehörte er nicht zu meinem Körper. Die Haut wirkt grau. Sie erinnert mich an die fahle Haut Schuberts. Ich muß an vorgestern denken, an meinen letzten Besuch bei ihm. Ich wünschte, es käme mir vor, als sei es vor Ewigkeiten gewesen. Aber so ist es nicht.

Schuberts Frau stand im Flur vor dem Zimmer. Sie stand einfach so da, nicht wie jemand, der gerade kommt, auch nicht wie jemand, der gerade geht. Sie stand einfach nur da, mit herabhängenden Armen, den Blick in die Ferne gerichtet.

„Frau Schubert", sagte ich und reichte ihr die Hand. Sie sah darüber hinweg. Ich glaube nicht, daß sie sie überhaupt bemerkt hatte. „Kann ich kurz mit Ihnen sprechen?"

„Mein Mann ist drinnen", antwortete sie und lächelte hastig. Sie trug ein graugemustertes, viel zu enges Kleid, das ihre aus der Form geratene Figur unvorteilhaft betonte, und sie war verdammt nervös.

„Ich dachte nur, wenn Sie Fragen haben, dann wäre das jetzt ein guter Moment, darüber zu reden."

Frau Schubert schwieg, aber sie blieb unbeweglich stehen.

„Sie wissen, daß es sich um eine sehr komplizierte Operation handelt", sagte ich.

Ihre kleinen Augen flogen über mein Gesicht hinweg zur Tür. „Können Sie das nicht mit meinem Mann selber besprechen? Ich weiß gar nicht, was ich dazu sagen soll."

„Sie müssen nichts sagen. Ich möchte nur, daß Sie informiert sind."

„Mein Mann …" Sie zuckte mit den Achseln, und ihr Kleid spannte sich dabei über den Schultern. Ihr großflächiges Gesicht drückte Verwirrung und Angst aus, und um dieser qualvollen Situation ein Ende zu machen, öffnete ich die Zimmertür und ließ ihr den Vortritt.

Schubert ist vierundfünfzig, das weiß ich aus der Krankenakte. Er sieht so aus wie viele Typen auf der Station. Überhaupt wie viele Männer, die ins Krankenhaus kommen, weil ihr Körper die ganze Scheiße nicht mehr mitmacht. Schubert sieht nach einem beschissenen Leben aus, einem Leben, das vielleicht früher mal Spaß gemacht hat, aber jetzt schon lange nicht mehr. Seine Frau trägt ihre Unzufriedenheit in überflüssigen Pfunden mit sich herum, Schubert statt dessen trägt sie im Herzen. Bei Leuten wie Schubert ist das Wort „Herz" nicht unbedingt eine Metapher für Liebe, sondern für Frustration, Selbstmißbrauch und Unlust.

Schuberts zwei halbwüchsige Söhne hockten in unbequemer Haltung auf der Fensterbank, als ich ins Zimmer kam. Die Tochter, das älteste der Kinder, hatte auf einem der beiden Besucherstühle Platz genommen. Schubert selbst lag im Bett, schwer atmend, mit hochrotem Kopf und zitternden Lippen. Er hatte Angst.

Alle, alle haben sie Angst. Herzoperationen sind heftig. Es geht ans Zentrum des Lebens. Es gibt, glaube ich jedenfalls, nichts, was einem mehr angst macht als eine Herzoperation. Na ja, vielleicht noch eine Operation am Gehirn.

„Tagchen", murmelte Schubert und nickte mir zu. Seine Kinder schwiegen. Einer der Söhne hatte bis aufs Fleisch abgekaute Fingernägel. Er wich meinem Blick aus.

Frau Schubert setzte sich neben ihre Tochter und blickte auf ihre gefalteten Finger.

Ich stellte mich dicht neben das Bett. „Herr Schubert, möchten Sie vielleicht noch einmal unter vier Augen mit mir reden?"

„Nein, nein." Er wedelte unwirsch mit einer Hand, aber die Bewegung strengte ihn an, und so ließ er die Hand wieder sinken. „Wie war das noch mal, wie sieht das aus, mit dem Schiefgehen?"

„Es besteht eine Chance von fünzig Prozent."

„Daß ich nicht mehr aufwache", sagte er.

„Kennen Sie den Spruch mit dem halbvollen Glas?"

„Wer kennt den nicht", sagte er und starrte seine Kinder an. Keines von ihnen erwiderte seinen Blick.

Auf dem Rückweg sah ich bei dem Kleinen rein. Er lag reglos da. Er war nicht bei Bewußtsein, aber das war er schon seit zwei Wochen nicht mehr.

Ich beschließe, ins Grüne zu fahren, an einen See. Ich möchte in der Sonne liegen, dort, wo es keinen Schatten gibt. Ich möchte eine Weile allein sein. Ich weiß, daß es der Realität widerspricht, aber ich fühle mich bedrängt, seit ich aufgewacht bin. Als seien Leute um mich herum, die mich pausenlos etwas fragen.

Bevor ich die Wohnung verlasse, rufe ich in der Klinik an. Eine von den jungen Schwestern ist dran, eine, die ich nicht kenne. Ich muß dreimal erklären, wer ich bin und wen ich sprechen will, bevor sie Rena endlich an den Apparat holt.

Rena sagt, daß alles in Ordnung sei. Jedenfalls, soweit es in Ordnung sein kann. Die Werte sind konstant, Schubert schläft allerdings schlecht. Aber das ist normal.

Ich frage sie nicht nach dem Kleinen. Doch kurz bevor wir auflegen, sagt Rena von selbst:

„Übrigens, Lukas geht es unverändert."

„Okay. Danke", sage ich und lege auf.

Ich sehe mir gern die Leute vorher an, die ich später vor mir auf dem OP-Tisch liegen habe. Manchmal ist das schwer. Bei Kindern zum Beispiel und bei alten Leuten, deren Leben fast vorbei ist. Sie liegen da und ihr Leben rinnt unaufhaltsam aus ihnen heraus, und ich werde es aufhalten müssen. Zumindest versuche ich das.

Es gibt da diesen Anästhesisten, Malte, mit dem ich oft zusammenarbeite. Wenn eine gemeinsame OP ansteht, besuchen wir die Patienten gelegentlich zusammen. Malte, um sich über ihr Gewicht, eventuell vorhandene Allergien und so weiter zu informieren, ich, um mich vorzustellen und mir ein Bild zu machen.

Es gibt Leute, die im Koma liegen oder die nicht mehr ansprechbar sind. Bei denen sitze ich manchmal einfach eine Weile am Bett und lausche – auf ihren Atem oder auf sonst was, ich weiß es nicht. Ich weiß nur, daß ich ein Gefühl bekommen will für die Menschen, die ich operiere. Wenn sie mir nichts über sich erzählen können, höre ich ihnen trotzdem zu. Und irgend etwas erfahre ich immer, wenn ich lange genug so dasitze.

Malte findet das übrigens komisch. „Du hängst dich zu sehr rein, Lennart. Das ist ungesund. Trink lieber einen mit mir." Damit meint er nicht etwa Bier oder sonst irgendwas Alkoholisches. Sondern Kaffee. Miesen, plörrigen, ekelhaft schmeckenden Kaffee mit Dosenmilch. Den Wachhalter auf der Nachtstation.

Wenn ich Malte manchmal gegenübersitze, im Neonlicht, auf der Tischkante, mit dem Arsch knapp neben einer zerfledderten Tageszeitung oder einem Frauenmagazin, das die Schwestern in ihren viel zu kurzen Pausen mit müden Augen durchblättern, dann kann ich mir durchaus vorstellen, mit ihm auch andere Sachen zu machen. Malte hat eine Kerbe im Kinn, und ich mag Männer mit Kerben im Kinn. Aber Malte hat außerdem noch Frau und eineinhalb Kinder und einen Superheteroblick. *Super*superhetero, genauer gesagt. Wenn der 'ner Schwester hinterherglotzt, kriegen seine Pupillen Tittenform.

Aber vielleicht ist das auch gut so.

Es ist Samstag, und die Straßen sind voll. Die Leute kaufen wie wild ein, obwohl nur ein Tag zu überbrücken ist. Um mich herum schleppen gehetzte Gestalten taschenweise Nahrung nach Hause. Eigentlich müßte ich auch einkaufen gehen, aber ich hab keine Lust.

Am U-Bahn-Aufgang streitet ein Pärchen erbittert.

„Ej, die Buletten!" brüllt er und schlägt sich wütend gegen die Stirn. „Die Buletten, Alte! Wer soll 'n die holen? Icke etwa oder wie?"

„Ja, wieso 'n nich, du Hirni?" giftet sie zurück.

Sie haben beide teigige Haut und fettige Haare, und an seiner billigen Jogginghose sind die Seitennähte aufgerissen. In ihrem Verdruß nehmen sie die ganze Breite der Treppe ein, und ich habe Mühe, mich an ihnen vorbeizuzwängen.

„Ej, du dusselige Zicke, wat denn ..." Sein Blick fällt auf mich, und plötzlich verstummt er. Kann sein, weil ich stehengeblieben bin.

Er nimmt seine Tasche und geht murrend die Treppe hinunter, gefolgt von seiner Braut.

Ich bleibe stehen, bis sie weg sind. Dann sprinte ich hoch und direkt in den Zug.

Als Zwerg war ich dünn und klein und ziemlich verschüchtert, bis ich so ungefähr zwölf war. Dann bin ich plötzlich gewachsen und hörte 'ne ganze Weile nicht mehr damit auf. Als ich's dann doch tat, war ich eins sechsundachtzig, passable Größe. Ich seh zu, daß ich schlank und muskulös bleibe, und beides fällt mir nicht schwer. So, wie ich jetzt aussehe, reicht es, stehenzubleiben und einfach zu glotzen, und schon kneifen solche Pickelgesichter den Schwanz ein.

Sitzplätze sind nicht mehr frei, aber ich hätte mich ohnehin nicht gesetzt. Ich stelle mich ans Fenster und sehe raus, und der Blick des warmen Bruders, der auf der gegenüberliegenden Seite steht, wandert meinen Rücken hinunter bis zum Arsch, die Beine entlang bis zu den Stiefeln und wieder hinauf. Im richtigen Moment drehe ich mich um, und ertappt sieht er von meinem Beutel zu meinem Gesicht. Und dann schaut er zur Seite.

Wenn es eins gibt, das ich niemals verlernen möchte, dann ist es mein schneidender Blick. Wen ich damit ansehe, der hört sofort auf, mich anzustarren. Es klappt immer. Jedes Mal.

Ich drehe mich wieder um und sehe aus dem Fenster auf das geschäftige Kreuzberg hinunter, und in meinem Rücken herrscht Ruhe.

Einmal, das ist schon ein paar Jahre her, bin ich mit so 'nem Typen aus der U-Bahn mitgegangen. Er war nicht gerade knallgeil, eigentlich überhaupt nicht mein Geschmack, aber ich war einfach spitz. Er glotzte mich die ganze Zeit ununterbrochen an, seit ich eingestiegen war, und als ich schließlich die Mundwinkel runterzog, hob er die Brauen. Das fand ich nicht schlecht.

Er war ein Stück kleiner als ich, mit 'ner ganz normalen Studiofigur, nicht geil, aber auch nicht übel, gute Muckis. Ansonsten sah er ziemlich piefig aus, mit 'm rasierten Scheitel, Doc Marten's und 'ner Khaki-Bundfaltenhose, völlig beknackt. Er stand auf und stellte sich an die Tür, und als er ausstieg, ging ich einfach hinter ihm her.

Seine Bude war häßlich. Teppichboden; ich dachte, mich trifft der Schlag. Und jede Menge Geräte: Streckbank, ein Ergometer, Langhanteln, Kurzhanteln, Laufband. Sogar ein Rudergerät hatte der Junge.

Er war verdammt stolz auf seinen Park, aber ich warf nur einen kurzen Blick drauf. Manchmal kann ich ein echtes Arschloch sein – klar wußte ich, daß er gerne 'n bißchen mit seinem Park spielen wollte, auf die Streckbank geschnallt werden, nackt Gewichte heben, mit der Kurzhantel ein bißchen die Eier quetschen und so Sachen. Tu was für deine Träume.

Aber an diesem Tag stand das bei mir eben nicht auf dem Plan.

Er latschte vor mir durch die Bude und quatschte irgendwas daher, daß er erst soundsolange hier wohnte und ob ich gerne was zu trinken hätte. Ich blieb einfach stehen, ohne daß er es merkte, haute mich in einen von seinen häßlichen Sesseln und holte meine Stange raus. Als er sich nach mir umdrehte, war ich schon warmgewichst.

„Komm her", sagte ich, und er kam, ein bißchen widerwillig. Er hatte sich das Ganze wohl 'n Zacken langsamer und genüßlicher gedacht, mit Vorspiel und so vermutlich. Aber auch das stand bei mir nicht auf dem Plan.

„Wie ... was denn, hier? Einfach so?" fragte er.

„Komm schon, Junge."

Er glotzte gierig auf meinen Dicken, aber ganz sicher war er sich nicht, wie das jetzt lief. „Nimmst du denn kein ... Was ist denn mit Safer-Sex?"

„Ich zieh ihn raus, keine Sorge, Kollege", sagte ich, und dann war's mir zu blöd. Ich griff mir seinen Nacken, zog ihn nach vorn und schob ihm einfach meinen Schwanz rein, und er lutschte auch brav. Ich hing in diesem bescheuerten Sessel und ließ ihn ackern, und als ich spürte, wie die Beize zu brodeln begann, packte ich seinen Nacken fester und stieß noch mal zu. Dann zog ich meinen Dicken schnell raus.

„Mach die Fresse zu!"

Er keuchte wie 'ne Dampfmaschine, aber er machte das Maul zu. Mit weit aufgerissenen Augen starrte er auf meinen Ständer, und irgendwie kriegte er nicht mit, daß ich seinen Kopf mit einer Hand immer noch festhielt.

Ich spritzte ihm voll ins Gesicht. Sein Pech, daß er die Augen nicht zugemacht hatte. Ich spritzte richtig gut ab, 'ne mordsmäßige Ladung. Als ich meinen Tank leergepumpt hatte, ließ ich seinen Nacken los.

„Mensch", jammerte er, „du hast mir ins Auge gespritzt." Sein Tonfall klang halb weinerlich, halb bewundernd.

„Keine Sorge, Junge. Ich bin sauber, wenn du deswegen Angst hast. Aids kriegste von mir nicht. Und sonst auch nix." Eigentlich rede ich da nie groß drüber, weil es nicht nötig ist. Ich mach es immer safe, aber in diesem Fall war das Ganze schließlich im wahrsten Sinne des Wortes ins Auge gegangen.

Aber das war es gar nicht, was ihn beunruhigte.

„Mann, das brennt so, ich kann gar nichts mehr sehen!" Er wischte wie irre an seinem rechte Auge rum, das schon jetzt ziemlich gerötet aussah. Offensichtlich hatte er noch nie 'ne Ladung Eiweiß ins Auge gekriegt. Völlig brav, der Junge. Wahrscheinlich war ich für ihn der Schocker des Jahres. Der Eiweißschocker, haha.

Ich packte mein Gehänge wieder ein und ging, während er immer noch damit beschäftigt war, sich sauberzumachen. Als ich unten im Hausflur die Tür aufzog, hörte ich ihn rufen: „He, du kannst doch nicht einfach so gehen! He, hallo! Du kannst doch jetzt nicht einfach so gehen!"

Ich weiß nicht, wie irgend jemand auf den Gedanken kommt, daß ich nicht gehen kann, wenn ich will. Das hab ich noch nie verstanden.

Ich fahre bis Hallesches Tor, steige um in die 7 und dann an der Yorckstraße in die S-Bahn. Auf dem Bahnhof Großgörschenstraße muß ich 'ne ganze

Weile warten, aber das macht mir nichts aus. Ich mag diesen Bahnhof, die wrackigen Häuser gegenüber. Ich mag sogar ein paar von den Leuten, die darin wohnen, auch wenn das übertrieben klingt. Aber es stimmt. Im dritten und im vierten Stock wohnen Türkenfamilien mit 'ner Horde Kids, die ständig rumkrakeelen, und genau gegenüber, im ersten Stock, lebt so ein seltsamer, ältlicher Kauz, der sich morgens ewig und drei Tage vor einem schäbigen Spiegel rasiert. Ich habe ihn ziemlich oft dabei beobachtet, über Jahre hinweg, fast meine gesamte Studienzeit hindurch. Wenn ich Neun-Uhr-Vorlesungen hatte, stand ich um viertel nach acht auf dem Bahnsteig Großgörschenstraße, und jedes Mal war der alte Knacker gegenüber mit seiner Rasur beschäftigt.

Die Häuser stehen zwar ein Stück weit vom Bahnsteig entfernt, aber erstens habe ich gute Augen, und zweitens hatte der Typ meistens Licht an, so 'ne schummerige Glühbirne oben an der Decke, 100 Watt und nichts drumrum.

Ich war nicht der einzige, der ihn beobachtet hat. Mit mir guckte regelmäßig 'ne ganze Kolonie Studenten zu ihm rüber, und ich frage mich, ob der Alte sich bewußt ist, daß zigtausend Augenpaare ihn schon bei der Morgentoilette begafft haben. Ich denke immer, daß das eigentlich irgendwelche Auswirkungen haben müßte, bei ihm, bei denen, die ihn beobachten, aber ich weiß nicht, ob das stimmt. Bei mir hab ich bis jetzt keine Auswirkungen bemerkt; ich meine, ich denke zwar jedesmal an den Typ, wenn ich auf dem Bahnsteig stehe, aber das ist auch alles.

Heute ist der Alte nicht zu sehen. Seine Fenster sind zu, und auch oben bei Türkens herrscht Ruhe. Ganz am Rand des Bahnsteigs stehe ich, so dicht an den Gleisen, daß der BVG-Typ in der Glaskabine auf dem Bahnsteig mich hundertpro anblaffen wird, wenn der Zug kommt. Ich stehe da und lasse die Sonne auf mich runterscheinen, die Hände in den Hosentaschen, froh, daß ich meinen Arsch hochgekriegt hab und rausfahre. Ich stehe da und gucke rüber und plötzlich kapiere ich, warum alle Fenster zu sind und Ruhe im Karton herrscht da drüben.

Das Haus steht leer. Die Leute sind weg. Bei Türkens hängen keine Gardinen mehr, die Blumenkästen im Zweiten sind verschwunden, und das Küchenfenster vom Alten ist sogar kaputt. Sieht nach einem Stein aus, der reingeflogen ist, als Abschiedsgruß womöglich: Tschüs, Leute, Feierabend, verpißt euch.

Plötzlich ist mir kalt, obwohl ich voll in der Sonne stehe. Ich bin richtig geschockt. Es ist gerade mal zwei Monate her, daß ich das letzte Mal hier oben gestanden hab, und trotzdem ist schon alles lange vorbei. Das Haus ist tot, der Alte weg. Genausogut könnte er gestorben sein. Weg ist weg.

Ich habe ein Gefühl, als habe die Welt sich weitergedreht ohne mich, als sei ich in die Luft gesprungen, einen Augenblick dort hängengeblieben und gleich darauf wieder unsanft gelandet. Für mich nur ein

Augenblick, für die Welt ein ganzer Zeitensprung. Das, was ich für meine Gegenwart gehalten habe, ist schon längst Vergangenheit, und ich hab's einfach nicht mitbekommen.

Ich bin so geschockt, daß ich freiwillig von der Bahnsteigkante zurücktrete. Kurz darauf kommt der Zug. Als er losfährt, sehe ich auf den Bahnsteig hinaus anstatt wie früher auf die Häuser gegenüber. Der BVG-Typ starrt mich durch das Fenster seiner Kabine und das der S-Bahn hindurch an. Seine Augen sind kalt und scharf. Vielleicht hat er mich für einen Lebensmüden gehalten. Vielleicht denkt er, daß ich es bei der nächsten Station doch versuche, keine Ahnung. Er starrt mich jedenfalls durch zwei Fenster hindurch an, und ich komme mir vor wie ein Verbrecher hinter schußsicherem Glas.

Ehe ich darüber nachdenken kann, strecke ich ihm die Zunge raus. Es ist eine völlig bescheuerte, kindische Geste, und ich bin überrascht zu entdecken, wie das finstere Gesicht des BVG-Typen sich in letzter Sekunde zu einem amüsierten Grinsen verzieht. Dann verschwindet auch er.

Am Schlachtensee steige ich mit einer ganzen Herde aus. Eltern mit ihren Kleinkindern, junge Paare, ältere Herrschaften in leichten Sommerjacken und lauter Teenies. Ich bin immer wieder überrascht, daß lange Haare und Schlaghosen tatsächlich als modern gelten. Eigentlich kann ich es nicht glauben, aber es ist so. Die Teenies von heute sehen haargenau so aus, wie ich damals ausgesehen hab. Oder sagen wir mal, gerne ausgesehen hätte.

Ich schiebe mich durch die Völkerwanderung nach vorne und setze mich an die Spitze, und bis ich den Weg zum Wasser runter bin, komme ich mir vor wie die Vorhut eines Nomadenstammes auf dem Weg zu neuen Jagdgründen.

Die Leute liegen dicht an dicht und brüten in der Sonne, jede Menge halbnackte Brüder dazwischen, aber ich bin heute inkognito unterwegs. Kurz vorm Ufer biege ich rechts ab und schlage mich quer durch die Büsche, und nach ein paar Minuten verklingen die Stimmen hinter mir allmählich. Ich laufe quer durch die bewaldeten Hügel am Wasser entlang, bis es nicht mehr geht, und dann stiefele ich wieder auf den Weg zurück.

Ich laufe, ohne mich groß umzusehen. Immer, wenn ich zum Schlachtensee fahre, lege ich das erste Viertel der Strecke möglichst zügig zurück. Erst nach dem Gasthaus am Ostrand werde ich langsamer.

Hier verläuft sich die Menge. Unten, am Ufer, liegen die Schwimmer und Sonnenbadenden und Hundehalter, oben, im Wald, sind die Wanderer unterwegs, zumeist ältere Herrschaften mit Freude an der Natur oder ein paar Leute, die ihren Kindern nicht nur den See, sondern auch die Landschaft drumrum zeigen wollen.

Eigentlich ziehe ich den Grunewaldsee dem Schlachtensee vor, aber der Grundewaldsee ist schlecht zu erreichen, wenn man nicht motorisiert ist.

Klar laufe ich gern, ich hab kein Verlangen nach 'ner Karre, ich besitze noch nicht einmal ein Fahrrad. Oft, wenn mich irgendwer nachts noch ein Stück mitnehmen will, ziehe ich es vor zu laufen. Ich laufe unheimlich gern, aber ich steh nicht drauf, erst eine Stunde gehen zu müssen, um dann dort anzukommen, von wo ich ursprünglich loslaufen wollte. So ist das mit dem Grunewaldsee. Eigentlich schade, denn der Grunewaldsee ist fast ganz und gar schwulenfreie Zone, und manchmal kann ich das gut gebrauchen.

Der Schlachtensee hingegen ist 'ne beliebte Homopromenade, allerdings eher die an der S-Bahn gelegene Seite; schätze, die Jungs sind meistens zu faul zum Laufen. Hier, auf der waldigen Seite, sind nur ab und zu welche zu sehen, dafür jede Menge Bischen mit ihren Tölen. Grunewald- und Schlachtensee sind beides Hundeauslaufgebiete, und die Bischen scheinen echt eine Vorliebe für Hunde zu haben, obwohl ich mir habe sagen lassen, daß das gleichermaßen für Katzen gelten soll. Keine Ahnung, ich habe nicht viel mit Bischen zu tun. Mit Heterofrauen allerdings auch nicht. In meiner Welt gibt es kaum Frauen. In meiner Welt gibt es fast ausschließlich Typen. Eine logische Folge, denke ich manchmal. Ich bin fast ohne Frauen aufgewachsen, und auf die paar, die es gab, hätte ich mit Freuden verzichtet.

Ich lasse den Weg links liegen und mit ihm die kläffenden Hunde, die hinter der Kurve in Sicht gekommen sind. Während ich den Abhang erklimme, fällt mir ein, daß ich kein Badezeug mitgenommen habe, obwohl es August ist und die Badesaison zur Zeit einen letzten Aufschwung vor dem nahenden Herbst erlebt. Ich habe überhaupt nichts dabei. Nur meine Sonnenbrille und ein paar Kaugummis.

Irgendwie erschreckt mich das. Wieder komme ich mir vor, als sei ich aus der Zeit hinausgefallen, als habe ich keinen Bezug zum Leben um mich herum, als kreise ich nur um mich selbst, und das macht mir angst. Während ich dastehe und auf das Wasser des Schlachtensees hinunter sehe, das zwischen den Bäumen aufscheint, spüre ich, wie meine Gedanken mit aller Macht in zwei verschiedene Richtungen gezerrt werden.

Schubert zerrt weniger, und ich weiß, daß es Zeit wird, mich zu erinnern.

Ich steige den Abhang hoch und gehe zielstrebig quer durchs Gestrüpp. Als ich einen schmalen Weg passiere, kommen mir zwei Schnösel entgegen. Sie gehen Arm in Arm, und hinter ihnen traben zwei Königspudel, die arroganten Schnauzen am Boden, einer weiß, einer schwarz.

Kaum haben sie mich gesichtet, kriegen die Schnösel diese verdutzte, hungrige Fresse, die Schnösel immer kriegen, wenn ihnen aufgeht, daß es vielleicht noch ein wilderes Leben gibt als ihres. Ich kann ihr Zögern mehr spüren, als daß ich es sehe. Ich weiß, wenn ich jetzt zu ihnen hinsehe, kriege ich 'n Angebot, aber ich kümmere mich nicht weiter darum. Ich geh einfach weiter, quer über den Weg in den Wald rein, und lasse die Schnösel samt ihren Schnöselhunden hinter mir her glotzen.

Ich gehe und gehe, und dann bin ich fast da, wo ich hin will. Mitten im Wald steht dieser komische kleine Gedenkstein. Er ist einem Polizisten gewidmet, der im Dienst umgekommen ist, 'zig Jahre her das Ganze, in den Sechzigern ist das passiert. Immer wenn ich hier bin, seh ich mir den Stein an. Ich frage mich, wie der Bulle gestorben ist – mit 'm Herzinfarkt vom Pferd gefallen oder vielleicht von 'nem Krimo erschossen, den er gejagt hat? Es weist nichts darauf hin, die Gedenktafel sagt nichts darüber aus. Einerseits find ich das gut, andererseits läßt es mich nicht los. So viele Leute haben den Gedenkstein schon gesehen, aber was macht das aus?

Vielleicht, denke ich, während ich den Stein hinter mir lasse und die letzten Meter bis zu meiner Lieblingslichtung zurücklege, vielleicht ist es das gleiche wie mit dem Alten aus der Großgörschen. Vielleicht macht es einfach nur, daß man an ihn denkt. Vielleicht reicht das schon aus.

Die Lichtung liegt zwischen ein paar Büschen versteckt, ringsum ragen alte Birken in die Höhe. Es ist gerade genug Platz, um mich hinzulegen. Genau das tue ich auch. Ich lege mich hin und sehe in den Himmel hinauf, und ich spüre, wie mein pochendes Herz sich langsam beruhigt.

Ich liege da und sehe hinauf. Jemand, der zufällig vorbeiläuft, kann mich nicht sehen, die Büsche sind hoch genug. Die Sonne strahlt zwischen den Blättern der Bäume hindurch und wirft fleckige Schatten auf mein Gesicht. Ich schließe die Augen.

„Beweg dich nicht", sagte er leise. Ich stand mit dem Gesicht zur Wand, die Hände flach an das kalte Gemäuer gepreßt. Er war dicht hinter mir, sein Atem streifte meinen Nacken, als er sich vorbeugte und mir ohne Vorwarnung einen Arm um die Kehle legte.

„Beweg dich nicht."

Ich hatte nicht vor, mich zu bewegen. Es war das erste Mal seit langer, langer Zeit, daß ich so dastand, und mir war bewußt, daß ich dabei war, mich ihm auszuliefern. Einfach so. Ohne Vorwarnung, sozusagen.

Seit er mir im Flur eine gescheuert hatte, war die Spannung zwischen uns immer weiter gestiegen. Ich hatte mich schnell wieder gefangen und war vor ihm her ins Zimmer gegangen. Als ich mich umdrehen wollte, hatte er mich gegen die Wand gestoßen und festgehalten. Und er war stark. Viel stärker, als ich angenommen hatte.

Er roch verdammt gut, und ich glaube, das war der Grund, weswegen ich mich tatsächlich nicht mehr bewegte. Er roch wie ein wildes Tier, scharf und würzig und trotzdem irgendwie mild.

Ich hörte ein sirrendes Geräusch, das ich einen Moment später erkannte. Widerstandslos glitt der schwere Ledergürtel durch die Schlaufen seiner Jeans, und meine Arschmuskeln spannten sich an, bevor er mich losließ, zurückwich und zuschlug.

Blitzschnell drehte ich mich um, aber er war noch schneller. Im nächsten Moment knallte der Schmerz mir voll ins Gehirn, und wimmernd krümmte ich mich. Seine Hand zwischen meinen Schenkeln kam mir unglaublich groß vor.

„Laß los", sagte ich heiser.

Er lachte. Meine Eier kochten in seiner Faust.

„Laß los!"

Ich suchte seinen hellgrauen Blick. Er starrte mich an, dann gab er mich frei.

„Du weißt es noch nicht, aber ich werde dich gleich ficken", sagte er leise. „Jetzt glaubst du noch, daß du die Oberhand hast, Sugar. Aber in ein paar Minuten wirst du überhaupt nichts mehr glauben, außer, daß ich dir gerade den Arsch aufreiße wie niemand zuvor. Ich werde dir weh tun, und du wirst das ertragen. Und hinterher wirst du dir wünschen, ich hätte nie aufgehört."

Er sprach mit leiser, drohender Stimme, und erstaunt stellte ich fest, daß sie mich vollkommen in den Bann schlug.

„Sugar", flüsterte er noch einmal, und eine alte Erinnerung stieg in mir auf. Als er mich wieder gegen die Wand stieß, meine Jeans runterzerrte und mit hartem Griff meinen steifen Schwanz packte, sah ich Geralds ausdrucksloses Gesicht vor mir. Egal, was er mit mir tat oder mich mit ihm tun ließ, Gerald hatte nie eine Miene verzogen.

Aber er hier war anders. Er war bis zum Bersten voll Energie; er war derart voll Leben, daß seine Gesichtsmuskeln zuckten unter dem Druck dieser Kraft.

Ich beobachtete ihn, während er mit einer Hand meinen Bolzen prüfend in der Hand wog und nachdenklich darauf niedersah. Mit der anderen Hand befreite er seinen eigenen mächtigen Ständer aus seiner Jeans. Seine Mundwinkel sackten nach unten, ohne daß die Konzentration aus seinem Gesicht wich.

Ich spürte seine heiße Eichel an meiner, und als er seine beiden Hände um unsere Schwänze legte und für einen Moment fest zudrückte, schoß mir die Beize schon halb aus den Eiern.

„Nimm mir mein Lederband ab", sagte er ruhig.

Er trug ein geflochtenes Lederband um den Hals, das ich bisher noch gar nicht bemerkt hatte. Vorsichtig löste ich den Knoten und ließ das Band in seine ausgestreckte Hand gleiten. Er faßte danach, griff nach unten, und im nächsten Moment spürte ich ein Ziehen in meinen Eiern. Mein Schwanz bäumte sich auf, meine Eichel glitt an seiner empor. Ich nahm mir vor, mir die Technik zu merken, mit der er mir das Band um Eier und Schaft geschlungen hatte, aber was dann kam, machte, daß ich meinen Vorsatz sofort wieder vergaß.

Er zog seinen Schwanz aus seinem eigenen Griff schräg nach unten, stieß mir beide Knie zwischen die Beine und drückte sie auseinander. Wir sahen uns in die Augen, und dann spürte ich seine geschwollene Eichel an meiner Kimme. Er packte meine Hände, drehte sie mir auf den Rücken und knebelte mich mit dem Gürtel – keine Ahnung, wo er den auf einmal her hatte. Ich war so überrascht, daß ich mich nicht wehrte, und als ich es dann tat, war es zu spät. Seine Hände gruben sich in meinen Arsch, rissen meine Backen auseinander, und im gleichen Augenblick schlug er seine Zähne in meine rechte Brustwarze und zerrte mich daran nach unten.

Beißender Schmerz durchschoß mich von vorne und hinten zugleich. Sein Bolzen drückte gegen meinen Tunnel, seine Hände krallten sich in meinen Arsch, und seine Zähne rissen an meiner Brustwarze. Ich versuchte mich zu befreien, aber ich wußte nicht wie. Ich hatte Angst, daß er mir die Brustwarze abbeißen würde, und als ich mich an ihn drängte, um den Schmerz zu lindern, schnappte er noch fester zu.

Ich schrie auf, und dann, als er von meiner Brustwarze abließ und ich die Wut in seinen hellgrauen Augen sah, stellte ich überrascht fest, daß ich erneut kurz vorm Abspritzen war.

Ich glaube, er war wütend, weil er seinen Bohrer in dieser Stellung nicht richtig ansetzen konnte, denn er drehte mich grob um, schleuderte mich aufs Bett und sprang auf mich drauf. Seine dicke Eichel rammte sich ein winziges Stück in meine Kimme hinein, und ich schrie ein zweites Mal auf.

Sein Schwanz war einfach zu dick. Er hatte eine derartig fette Wumme, daß es nicht ohne höllische Schmerzen abgehen würde, das war mir schon klar. Und trotzdem wollte ich es.

Er spuckte mir auf die Kimme und schob sich voran, und ich hob meinen Arsch und preßte mich ihm entgegen. Ein heißer Schmerz schoß durch meine Lenden, und dann spürte ich, wie mir die Beize schon wieder hochkochte. Aber plötzlich, noch bevor er ganz in mir drin war, zog er sich wieder zurück.

Nie zuvor hatte ich mich derartig leer und unausgefüllt gefühlt wie in diesem Moment. Ich versuchte, den Saft drinnen zu halten, aber es gelang mir nicht mehr. Stöhnend preßte ich meinen Hammer in die Matratze, und dann, genau, als ich abspritzte, warf er sich wieder auf mich und rammte sich in mich hinein. Gnadenlos hart und brutal.

Natürlich war mir irgendwie klar, daß er in diesen quälenden Sekunden davor seinen Schwanz verpackt hatte, und ich war ihm sogar dankbar dafür. Aber in diesem Moment hätte ich ihn zusammengeschlagen, wenn mir nicht die Hände gebunden gewesen wären. Noch dazu schmerzhaft verdreht auf dem Rücken. Aber dann vergaß ich auch das.

Es tat so höllisch weh, daß ich nur noch schreien konnte. Ich wußte, daß ich immer noch abspritzte, aber ich bekam es gar nicht mehr mit. Er stützte sich mit einer Hand auf meinen gefesselten Händen ab, drückte mit der anderen meinen Kopf in die Kissen, bis ich fast keine Luft mehr bekam, und zugleich knallte er seine Kanone bis zum Anschlag in meinen Arsch. Und dann stieß er zu, wieder und wieder, wie ein Berserker.

Ich lag da und biß in die Kissen; ich spürte nichts mehr außer ihn, seinen Schwanz, seinen Schweiß, der auf mich tropfte, seine Hände, die sich tief in meine Schenkel gruben und Furchen durch meine Haut zogen. Es war, als sei ich selbst nicht mehr da, als sei nur noch er da und ich nunmehr ein Teil von ihm.

Als er sich schließlich keuchend über mir zusammenkrümmte und im nächsten Moment schwer auf mich hinuntersackte, während sein Schwanz noch in mir zuckte, stöhnte ich auf. Ich wollte noch mehr. Noch viel mehr.

Die Sonne brennt direkt auf mich hinunter. Mein hammerharter Schwanz drückt von innen gegen meine Jeans, und ich schiebe meinen Arsch auf dem Gras hin und her. Jedesmal, wenn ich an den Kerl denke, werde ich steif, wie früher, als Kid oder als Teenie. Damals hab ich richtig darunter gelitten; ich hatte keinen Platz, an den ich mich hätte zurückziehen können, um richtig zu wichsen. Das einzige, was mir blieb, war abzuhauen und mir im Wald ein ungestörtes Plätzchen zu suchen.

Während ich langsam mit einer Hand meine Jeans aufknöpfe und Stück für Stück meinen Slip herunterziehe, bis meine Ramme hervorschnellt und zitternd in der warmen Luft stehenbleibt, lausche ich auf Stimmen und Geräusche in meiner Nähe. Alles ist still, und nur mein eigener unterdrückter Seufzer ist zu hören, als ich meinen Schwanz zurückbiege und endlich die Hand um meinen Schaft lege. Meine Eichel zuckt, und ein verfrühter Sehnsuchtstropfen quillt hervor. Ich fange an zu pumpen, erst langsam, dann immer schneller. Ich denke an ihn.

„Klar", sagte er. „Klar."

Seine Stimme war rauh. Er lag lang hingestreckt auf dem Bett, sein nackter Körper glänzte vor Schweiß. Irgendwie, irgendwann hatten wir uns im Laufe der Nacht gegenseitig ausgezogen. Ich erinnerte mich daran, wie er mir das Hemd vom Leibe gerissen und die Jeans ganz heruntergezerrt hatte, aber ich wußte nicht mehr, wie es mir gelungen war, ihm den Slip auszuziehen. Aber da lag er, nackt und immer noch bebend, ein etwas stämmigeres Ebenbild meiner selbst.

Ich hatte schon ziemlich zu Anfang festgestellt, daß wir eine ähnlich muskulöse Figur hatten und beide unten rum beachtlich gebaut waren, aber was mich wirklich faszinierte, war die Tatsache, daß sowohl er als auch ich eine nahezu identische sichelförmige Narbe am Unterbauch trugen. Ich hatte ihn allerdings genauso wenig danach gefragt wie er mich.

„Klar will ich was zu trinken", sagte er noch mal und verschränkte die Hände hinter dem Kopf. Sein hellgrauer Blick folgte mir, als ich quer durchs Zimmer zum Kühlschrank in der Kochnische ging. Mit zwei Gläsern und 'ner Flasche Mineralwasser kam ich zurück. Wenn ihm mein Getränkeangebot nicht paßte, so ließ er sich jedenfalls nichts davon anmerken.

„Normalerweise zieh ich mich nicht so schnell aus, Junge", sagte er leise, während er an seinem Glas nippte. Im Gegensatz zu ihm trank ich mit gierigen großen Schlucken, und ein kleines Lächeln stahl sich auf seine Lippen, als er mir dabei zusah.

„Ich mich auch nicht." Ich hätte einiges aufzählen können, was ich normalerweise nicht – oder besser gesagt, nie – tat, aber ich ließ es sein. Er wußte ohnehin schon genug über mich. Wenn er in den letzten paar Stunden aufgepaßt hatte, was ich stark annahm.

Ich fühlte mich ziemlich lädiert, und er sah nicht viel besser aus. Über seine Brust zogen sich die Spuren der Neunschwänzigen, und die Kette hatte deutliche Einschnitte an seinem Hals hinterlassen, von den Abdrücken meiner Zähne ganz zu schweigen. Ich hatte ihn, als ich endlich dazu gekommen war, ganz gut strapaziert, aber das war nichts gegen das, was er mit mir veranstaltet hatte.

Im Zimmer war es still. Unvermittelt streckte er die Hand aus und fuhr mir durchs Haar, bis seine Hand auf meinem Nacken liegenblieb. Ich sah ihn an, und der Ausdruck auf seinem Gesicht schnitt mir ins Herz. Ich sah ihn an, und er mich, und einen Moment später zog er seine Hand wieder zurück. Seine Züge verhärteten sich.

„Okay", sagte er abrupt und stellte sein Glas ab. „Ich geh dann mal."

Ich sah zu, wie er in seine Jeans stieg, die Chaps zumachte und sein zerrissenes Hemd überzog. Als er seine Stiefel zuschnürte, schaute er vorsichtig zu mir hoch. Ich sah Bedauern in seinem Blick, und noch etwas sah ich, aber dann war es vorüber.

Klar, Typen wie er kommen mit so Sachen wie Zärtlichkeit nicht gut zurecht. Ich weiß das, weil ich genauso bin. Eigentlich. Aber da war dieses Leuchten hinter der Scham. Dieser klitzekleine Teil Liebe hinter der Brutalität. Und deshalb traf es mich so, was er dann sagte.

„Wenn du mehr willst, vergiß es. Einer wie ich bleibt für immer allein“, sagte er, als er aufstand. „Keine Chance. Denn du bist einer wie ich.“

Und dann ging er.

Seither fühle ich mich komisch. Aufgerissen und wund. Von innen und außen.

Als ich meine Ladung abgeschossen habe, schräg neben die Birke, die in den Sommerhimmel über mir ragt, und gerade dabei bin, mein Gerät wieder zu verstauen, spüre ich auf einmal instinktiv, daß jemand in der Nähe ist. Gleich darauf höre ich ein leises Rascheln und dann ein Scharren. Einen Moment lang verharre ich reglos, dann stehe ich auf. Ich straffe die Schultern und gehe los, einen erdverschmierten, schweren Ast in der Hand. Ich gehe schnell durch das Gebüsch, mit festen, weit ausholenden Schritten. Man weiß ja nie.

Ein paar Meter entfernt stehen die beiden Schnösel herum. Sie stehen so da, als wären sie einfach mal eben so stehengeblieben, aber ich weiß natürlich, daß das nur Show ist. Ihre Haltung verrät sie. Sie sind total verkrampft. Und geil wie Nachbars Lumpi natürlich.

Jetzt weiß ich auch, woher das Scharren stammt. Hinter mir taucht einer der beiden Königspudel auf, der weiße, und als ich sein schlaues Gesicht sehe mit den wachen Augen darin, fühle ich mich beinahe ertappt. Dann muß ich grinsen. Der Weiße stolziert an mir vorbei, gibt Gummi und weg ist er, zu seinem Kumpel, der weiter hinten am Abhang schnüffelt. Gar nicht mal übel, diese Königspudel, denke ich mir.

Die Schnösel stehen immer noch blöde herum. Sie glotzen zum Gebüsch, aus dem ich gekommen bin, und dann wieder zu mir, und ich lasse endlich den Ast fallen, packe meinen Beutel und schieb ihn ein bißchen zurecht, obwohl er gut sitzt.

Der kleinere Schnösel kann nicht anders, er gafft mir mit offenem Mund auf die Hose. Der Größere guckt mir ins Gesicht. Ich lasse meinen Blick an ihm runterrutschen und bleibe an seinem Gepäck hängen. Er hat einen richtig fetten Ständer, der in der dünnen, weißen Sommerhose besonders gut zu sehen ist.

Die beiden Deppen stehen da und glotzen mich an, und ich setze mich in Bewegung. Ich weiß nicht, was ich vorhabe, bis ich den Kurs wechsele und auf sie zusteuere und dann knapp an ihnen vorbei. Im Vorbeigehen wische ich dem Großen mit der Hand kurz übern Latz. Er zuckt zusammen, und ich kann mir sein fassungsloses Gesicht sehr gut vorstellen, als er die Erdstriemen auf seiner deutlich sichtbaren Keule entdeckt.

Ein Kerl würde sich das natürlich nicht gefallen lassen. Ein richtiger Kerl würde mir jetzt hinterhersetzen, mich beim Kragen packen und mir den Kopf zurechtstoßen. Oder was anderes mit mir machen. Aber dieser Schnösel ist nun mal kein Kerl.

Überhaupt, Kerle sind selten. Viel zu selten sogar.

Auf der Rückfahrt setze ich mich diesmal hin. Die S-Bahn ist nicht besonders voll, wahrscheinlich ist es noch zu früh für die Ausflügler, um heimzufahren, und zu spät für die Betuchten, um Einkaufsfahrten in die City zu unternehmen. Nur eine junge Mutter mit zwei wohlerzogenen Söhnen sitzt mit mir im Abteil, und ganz vorne, neben der vorderen Tür, hockt ein Penner, der blicklos aus dem Fenster in den Sommertag stiert.

In Lichterfelde West steigen ein paar Youngster zu, die dummes Zeug quatschen und obernervig an der Tür rumhantieren, bis mir das Geruckel und Geklapper endgültig auf den Sack geht.

„He, Junge", sage ich. „Laß mal den Mist."

Das Bürschchen, ein pickeliger Wohlstandsjunge mit Sackhosen und Riesentretern, glotzt mich dumm an. Seine Kumpels treten einen Schritt zurück, obwohl ich noch nicht mal aufgestanden bin.

„Wat denn, wat denn", plärrt der Pickel aufsässig. „Wat geht 'n Sie det an? Ick mach ja nischt kaputt oder wie seh ick det."

Jetzt stehe ich doch auf. Der Pickel springt von der Tür weg.

„Schon jut, ej, nix für ungut, ja?“ kiekst er. „Allet okay.“ Er hebt beschwichtigend die Hände.

„Das hoffe ich auch. Für dich.“ Ich setze mich wieder hin.

Die junge Mutter wirft mir einen bewundernden Blick zu. Ihre Söhnchen glotzen mich mit offenem Mund an, schützend an ihre Glucke gepreßt. Ich drehe mich um und sehe aus dem Fenster. Manchmal kann ich solche wohlbehüteten Kids echt nicht ertragen. Erst lehnen sie an ihrer Mutti, und 'n paar Jahre später werden solche Memmen draus wie der Pickel zwei Türen weiter. Der Stoff, aus dem man Weicheier macht. Und Pullis, zum Beispiel.

Am Rathaus Steglitz schleichen die Youngster aus dem Wagen, gefolgt von der Mutter mit ihren Söhnen. Der Penner bleibt sitzen, aber der ist sowieso nicht ganz von dieser Welt.

Während die nächste Fahrgastgeneration einsteigt, versuche ich, zwischen den Häusern am Horizont das Klinikum zu erkennen, aber ohne Erfolg.

'ne Zeitlang habe ich dort gearbeitet, bevor ich ans Urban gewechselt bin und dann ins Zentrum nach Wannsee. Am Urban hat's mir am besten gefallen. Die Belegschaft war klasse, und die Leute dort lagen mir einfach. Prolo-Kreuzberger, Punks, dicke Türkenmamis und ihre kurzbeinigen Männer, linke Affen und 'ne gute Portion Bischen und Brüder. Leute, mit denen ich nicht groß reden muß, die das auch gar nicht erwarten. Leute, die einfach nur Hilfe wollen. Und vor allem Leute, die diese Hilfe auch wirklich brauchen. Nicht besonders dankbare Klientel, aber was soll's. Wenn ich Dankbarkeit will, kann ich ja Geldbote werden.

Malte war mit mir am Urban. Während ich dann das Assistenzjahr im Klinikum machte, wechselte er ans Zentrum, bis ich schließlich ebenfalls dort landete. Malte hat mir damals gut zugeredet. „Herzchirurgie ist was Spezielles. Du brauchst den anderen Kram nicht mehr zu machen, denk dran."

Der andere Kram – genau das ist es ja, was mich so verrückt macht. Es wird so verdammt viel operiert. Viel zu viel, meiner Meinung nach. Diese ganzen rausgeschnittenen Gebärmütter, diese weggeschnittenen Brüste. Jede noch so kleine Zyste wird rausgeschnippelt, jede schiefe Nasenscheidewand begradigt. Mich kotzt das an. Es ist nicht richtig. Es ist einfach nicht richtig. Eines Tages werde ich noch mal meinen Beruf an den Nagel hängen, weil ich die Schnauze voll davon habe.

Malte sagt, das sei normal. „Solche Gedanken haben wir alle. Guck mich an, ich bin seit knapp sechs Jahren dabei. Und, wie seh ich aus?"

Gut sieht er aus. Aber erstens ist Malte kein Chirurg, sondern Anästhesist. Er muß nicht selbst schneiden, sondern er macht die Vorarbeit und dann die Aufsicht, sozusagen. Und zweitens führt Malte auch ein komplett anderes Leben als ich. Malte ist verheiratet und hat ein Kind, und demnächst hat er zwei.

Obwohl ich mit Malte mehr Zeit verbringe als mit jedem anderen Menschen – Markus eingeschlossen –, weiß er fast nichts über mich. Aber er glaubt mich zu kennen. „Du bist wirklich ein windiger Typ, Lennart, ist dir das klar?" hat er neulich zu mir gesagt. Er hat dabei gelacht, und ich habe es als eins seiner verqueren Komplimente aufgefaßt.

Ich weiß, daß Malte mich mag. Aber ich bin mir nie sicher, was er tatsächlich über mich denkt.

Am Anhalter nehme ich den 129er die O-Straße runter bis Adalbertstraße. Schon von weitem kann ich sehen, daß Markus arbeitet. Sein altes Fahrrad, das er nur innerhalb Kreuzbergs benutzt, genau wie ein Bauer den alten Trecker nur fürs nächstgelegene Feld, lehnt vor dem Eingang zum Copy-Shop. Und außerdem steht einer von Markus' Knilchen draußen und quarzt. Das heißt, ich kenne ihn nicht. Aber er sieht halt so aus wie die Typen, mit denen Markus sich gerne zusammentut: klein, schmächtig, komische Seventies-Klamotten an und 'ne Strickmütze bis tief über die Ohren gezogen, obwohl es ja nun echt nicht gerade kalt ist.

„Hi", sage ich, als ich an ihm vorbei in den Laden gehe. Mit einer Hand schlage ich auf den Sattel von Markus' Bike, daß die ausgeleierten Federn nur so quietschen. Der Typ verschluckt sich fast am Rauch seiner Fluppe. Jetzt weiß er natürlich nicht, ob er mich nicht eigentlich irgendwie anpflaumen müßte, aber das ist nicht mein Problem.

Markus steht mit dem Rücken zu mir und schiebt irgendwelche Papiere in den Kopierer. Die Tussi, die er gerade bedient, schmachtet ihn an.

„Den Rest macht er von selber“, erklärt Markus. „Bitte die Werte jetzt nicht mehr verstellen, ja?“

„Ja“, haucht sie, und ihre Lippen sehen richtig 'n bißchen feucht aus, als sie ihn anlächelt.

„Hallo, Schwuchtel“, sage ich laut, und Markus zieht in aller Seelenruhe ein paar Probekopien aus dem Ausgabefach, bevor er sich zu mir umdreht. Er macht ein ernstes Gesicht, aber ich sehe, daß seine Augen blitzen.

„Lenny. Wenn du dich schon nicht benehmen kannst, dann mach dich wenigstens nützlich, ja? Schmeiß bitte mal die Kaffeemaschine an.“

Ich lächele, so breit ich nur kann, und schlendere breitbeinig zum Tresen. Aus den Augenwinkeln sehe ich, daß die Tussi blaß geworden ist, so als hätte ich sie beleidigt. Markus sagt irgendwas zu ihr, und sie nickt, ohne ihn noch mal anzusehen. Manchmal macht es mir einfach Spaß, ein Arschloch zu sein.

Die Kaffeemaschine puckert geräuschvoll, als Markus zum Tresen kommt, einen Stapel unbrauchbarer Kopien unterm Arm, die er schwungvoll in einen Karton schmeißt.

„So“, sagt er und schubst mich von der Kasse weg, auf der ich mich abgestützt habe, damit meine Muckis zur Geltung kommen. „Dir scheint's wieder besser zu gehen. Ganz das alte Ekelpaket.“ Er tippt eine Summe ein, druckt die Quittung aus und hängt sein Kürzel drunter.

„Willste nich noch 'n Herzchen draufmalen?“ frage ich und nicke zur Tussi rüber, die betont langsam ihren Kram zusammenpackt. Ab und zu linst sie verstohlen zu uns rüber.

„Ne, will ich nicht. Und du hörst auf, meine Kundschaft zu belästigen, klar? Und mein Fahrrad läßt du gefälligst auch zufrieden."

Ich weiß nicht, wie er das schafft, aber Markus hat seine Augen überall. Gibt nichts, was der Junge nicht mitkriegt. Er nimmt die Quittung und bringt sie der Tussi, wahrscheinlich, damit Madame sich nicht zum Tresen bewegen muß, wo das fiese Monster lauert.

Als sie draußen ist, sind wir allein. Markus peilt zur Mütze draußen, die immer noch vor sich hin quarzt, dann lehnt er sich neben mich an den Tresen und nimmt den Kaffee, den ich ihm reiche.

„Danke. Schönen Tag gehabt?"

Er schlürft den Kaffee in kleinen Schlucken, und seine Augen mustern mich prüfend. Markus ist der einzige, der einen Einblick in mein Innenleben hat. Aber es gibt Tage, an denen er nicht weiß, woran er mit mir ist. Das sind die Tage, an denen ich selbst es nicht weiß.

„Ich war draußen."

„Und wo ist das, draußen?"

„Am Schlachtensee."

„Was gelaufen?" Er läßt mich nicht aus den Augen.

„Nee. Ich hab einfach mal nachgedacht. Kann ja nicht schaden."

Markus nickt. Er wirft einen Blick zum Typ vor der Tür, der jetzt einfach so dasteht, einen Fuß an der Schaufensterscheibe, die Arme verschränkt. Voll cool, der Bursche. Wahrscheinlich denkt er, ich sei ein Rivale.

„Neuer Stecher?" frage ich und nicke nach draußen.

Markus zuckt die Achseln, und mir wird klar, daß er den Burschen noch nicht ausprobiert hat. Markus läßt es gerne langsam angehen. Er ist zu 'nem Viertel Romantiker. Ich weiß noch nicht mal, was Romantik eigentlich ist.

„Und was macht deiner?" fragt Markus zurück, und prompt werde ich rot.

„Nix. Wieso, wer denn? Was soll denn das heißen? Ich hab keinen, Mann."

Markus muß grinsen, und ich knalle den Becher auf den Tresen. „Lach nicht, sonst werde ich sauer."

Markus gibt sich Mühe, ernst zu gucken, aber er kriegt es hin. Vielleicht auch, weil ihm gleich darauf was anderes einfällt.

„Was ist mit dem Kleinen?"

Ich weiß im ersten Moment nicht, wen er meint. Dann kapiere ich, als Markus die flache Hand waagerecht in Brusthöhe hält.

„Will ich nicht drüber reden", sage ich. Seine Frage trifft mich ganz unvorbereitet. Ein bißchen ist es so, als hätte er mir eine Stricknadel in die Seite gebohrt, eine höllisch spitze Stricknadel, die verdammt weh tut.

Ich bin richtig erleichtert, als die Tür aufgeht und ein Kunde reinkommt, gefolgt von Markus' zukünftigem Stecher.

„Einmal DIN A 2", sagt der Kunde, ein abgehalfterter Rod-Stewart-Verschnitt, und latscht zum nächstbesten Kopierer. Markus' Stecher bleibt in sicherer Entfernung vom Tresen stehen.

„Kann ich auch 'n Kaffee?" fragt er und lächelt erst Markus an und dann zu meinem Erstaunen auch mich.

Ich hatte den Kleinen eines Tages zufällig entdeckt, als ich mich auf dem Weg zu einem neuen Patienten in der Zimmertür geirrt hatte. Dieser winzige Bursche hatte wach im Bett gelegen und mir matt und mißtrauisch entgegengesehen. Er hatte irgendwas an sich, das mich dazu bewog, stehenzubleiben.

„He", sagte ich von der Tür aus. „Wer bist 'n du, Kumpel?"

Er grinste schwach. „Lukas."

„Lukas? Lukas? Was denn für 'n Lukas?"

„Na, Lukas eben. Lukas Möllerhoff. Und wer bist du?"

„Dein Schutzengel", antwortete ich. Es war mir einfach so eingefallen, und einen Moment lang fand ich mich verdammt albern, aber dem Kleinen gefiel es.

„Klasse", sagte er. „Den kann ich gebrauchen. Haben Schutzengel denn auch 'n Namen, oder wie is das?"

Ich trat ins Zimmer und lehnte die Tür hinter mir an. „Klar. Ich heiß Lennart."

„Hab ich noch nie gehört, den Namen."

„Du hast wahrscheinlich bisher auch noch keinen Schutzengel kennengelernt, wetten?"

„Nö", sagte Lukas und lachte. Er hatte ein verdammt süßes Lachen. Er hatte ein derart süßes Lachen, daß es sogar mein hartes Herz erweichte.

Ich saß 'ne Viertelstunde am Bett und quatschte mit ihm, und als ich aufstand, um zu gehen, sah er zu mir auf.

„Kommst du wieder?" flüsterte er.

Ich mußte ihn nicht erst fragen, um zu wissen, daß er sonst keinen Besuch bekam. Ich konnte es in seinen Augen sehen.

„Sicher", sagte ich. Das war so ziemlich das erste Mal in meinem Leben, daß ich jemandem was versprochen habe. Und bis jetzt hab ich es auch gehalten.

Der neue Patient war übrigens Schubert.

Ich hänge 'ne Weile herum und gucke mir die Leute an. Das lenkt ab, und nach einiger Zeit hab ich es geschafft. Die schweren Gedanken sind weg, und mit ihnen der Schmerz. Ich bin einfach nur noch irgendein Typ, der bei seinem besten Kumpel im Copy-Shop abhängt, 'n bißchen die Zeit totschlagen, sonst nichts.

Markus ist schwer beschäftigt. Jetzt, nach dem Abendessen, werden die Faulen anscheinend munter. Die Leute geben sich die Klinke nur so in die Hand, und wenn Markus mal eine Minute hat, redet er 'n bißchen mit seinem Verehrer. Anton heißt der, und mittlerweile find ich ihn gar nicht mal mehr so übel. Mein Geschmack ist er nicht, und vielleicht hat er auch nicht besonders viel Mumm, aber ins Bockshorn jagen läßt er sich auch nicht, das muß ich ihm lassen. Und außerdem ist er freundlich.

Für mich sieht's so aus, daß Anton nichts lieber möchte, als Markus 'ne Weile für sich zu haben. Ich weiß zwar nicht, warum er sich dafür den Copy-Shop ausgesucht hat und ausgerechnet die Zeit, in der Markus arbeitet, aber mich geht das schließlich nichts an. Kann auch sein, daß Markus ihn anders nicht ranläßt. Markus neigt zu so Sachen: schmoren lassen und gucken, welchen Einsatz der Anwärter bringt. Man muß schon 'n bißchen Maso sein, um diese Spielchen zu mögen. Nix für mich, solche Sperenzchen.

Anton sitzt die ganze Zeit auf der Fensterbank und studiert irgend'n Blatt, so 'n Computerteil. Ich lehne am Tresen und guck mir die Leute an. Und Markus.

Markus ist echt ein Hübscher. Dunkel, groß, kräftig. Sieht fast aus wie ein Kerl. Aber er ist keiner. Und auf härtere Sachen steht er schon gar nicht. Ich meine, er sieht ganz gern zu. Aber selber steht er nicht drauf.

Manchmal wünsche ich mir richtig, wie Markus zu sein. Bißchen Romantik, ständig von schrägen Typen umschwärmt, Spielchen treiben, lockeren Sex und das war's. Nichts, was einen durcheinander bringen könnte. 'ne ruhige Kugel und mächtig viel Spaß.

Aber das läuft bei mir nicht. Ich schieb ständig die coole Nummer, und dann erwischt es mich voll von der Seite. Verdammte Scheiße noch mal. Verdammter Mistkerl.

Irgendwann kommt Markus rüber zu mir.

„Hast du mal in der Klinik angerufen?"

„Heute morgen."

„Und?"

„Alles soweit in Ordnung."

Er nickt, aber er ist nicht ganz bei der Sache. „Und sag mal, hast du Jop heute gesehen?"

„Nein."

„Irgendwas is mit dem komisch, findste nicht auch?"

Ich zucke mit den Achseln. Ich finde viel eher, daß Markus gerade selber komisch ist, aber noch weiß ich nicht recht, warum. Wegen Anton womöglich. Das hieße, daß es was Ernsteres wäre. Ob mir das paßt, weiß ich auch nicht so richtig.

Markus schiebt den Quittungsblock von rechts nach links und wieder zurück. Er riskiert einen Blick zu Anton, dann sieht er mich wieder an.

„Lenny – was hast du noch vor heute abend?"

„Weiß ich noch nicht."

Ich hab wirklich keine Ahnung, was ich will. Ich könnte gut noch 'ne Weile hier rumhängen, aber irgendwie hab ich Hummeln im Arsch.

„Gehst du noch in die Beluga-Bar?" fragt Markus.

„Kann sein."

„Und vorher, gehst du vorher noch mal nach Hause?"

„Haben wir gerade Fragestunde oder wie?"

Markus muß lachen. Wieder guckt er zu Anton rüber, und so blöd bin ich nun auch wieder nicht, daß ich nicht kapieren würde, was los ist. Irgendwann in der letzten halben Stunde hat Markus anscheinend beschlossen, Anton zu testen. Vermutlich heute abend. Nach Feierabend, genauer gesagt.

„Ich muß bis zehn", sagt Markus und zieht einen Packen bunte Kartons unterm Ladentisch hervor. „Du kommst doch bestimmt noch, oder nicht?"

Sein Blick geht wieder zu Anton, der viel zu gründlich in seinem Käseblatt da liest, um überzeugend zu wirken. Markus braucht 'n Rettungsanker, für alle Fälle, und natürlich schmeiß ich ihm den hin.

„In Ordnung, Freundchen", sage ich und strecke mich. „Ich zieh mal Leine. Bis später dann."

„Gehst du schon?" fragt Anton von der Fensterbank rüber, 'n Zacken zu schnell.

Ich nicke, dann beuge ich mich vor und packe Markus' Ohrläppchen mit den Zähnen. Ich ziehe ein bißchen daran, und Markus stemmt sich dagegen. Anton glotzt irritiert. Ich ziehe noch ein bißchen fester.

„Aua! Laß los, Lennart, du Scheißkerl!"

Ich gebe ihn frei und zwinkere ihm zu und dann Anton. Widerwillig lächelt Markus mich an.

„Knallkopp", sagt er. „Immer den Boß markieren, wie pubertär!"

„Nein. Erstens *bin* ich der Boß. Und zweitens markiere ich nur mein Revier", antworte ich, und dann gehe ich endlich und lasse die Turteltäubchen allein.

Als die Tür hinter mir zufällt, springen mich die schweren Gedanken sofort wieder an, als hätten sie auf Markus' quietschendem Fahrradsattel gehockt und gewartet, daß ich wieder auftauche. Keine Chance, Lenny-Boy.

Nach und nach habe ich Lukas' Geschichte erfahren. Zum Teil von ihm selbst, zum Teil von den Schwestern, und ein bißchen erfuhr ich von Malte, der zweimal sein Anästhesist gewesen war.

Vom ersten Augenblick an war mir klar, daß Lukas ein sterbenskrankes Kind ist. Für sein Alter war er viel zu klein und zu schwach, und seine ungesunde Hautfarbe deutete auf eine schleichende innere Vergiftung hin. Nierenschäden und ein Herzfehler, hatte ich getippt. Beides stimmte, aber es war längst noch nicht alles.

Lukas hat zwei Herzoperationen hinter sich. Bei der einen ist eine undichte Herzklappe korrigiert, bei der anderen eine gefährliche Reizleitungsstörung beseitigt worden. Beide Operationen sind gut verlaufen, aber sie haben wenig genützt. Lukas' Herz ist einfach zu schwach. Der Kleine ist von Geburt an schwer krank, und mittlerweile sind alle Möglichkeiten ausgeschöpft. Es läßt sich nicht mehr viel machen. Außer die große OP.

Lukas steht auf der Warteliste für ein Spenderherz, aber selbst wenn sich eines finden wird – er hat kaum eine Chance.

Sieht schlecht aus für den Kleinen. Sehr schlecht. Beschissen sogar.

Kurz vor neun, und die O-Straße kracht nur so. Die Türkenmärkte haben immer noch auf, und diese neuen Telefonläden brummen wie Wespennester. Samstag abend, schnell mal in Ankara anrufen oder Teheran, mal hören, was der Rest der Riesenfamilie so treibt, bevor es ins Wochenende geht.

Mir fällt immer wieder auf, daß es fast ausschließlich Männer sind, die in den Boxen stehen und lauthals in die Hörer brüllen. Die paar jungen Frauen dazwischen sehen meistens nicht gerade gutgelaunt aus, wenn sie aus dem Laden schleichen, 'zig Mark leichter und ein paar Sorgen schwerer, so kommt es mir vor. Möchte nicht wissen, wieviele darunter sind, die sich vor Heimweh verzehren. Telefonieren scheint jedenfalls hauptsächlich Männersache zu sein, aber was weiß ich schon von Türkens.

Im Moment weiß ich sowieso ziemlich wenig. Ich hab Hunger, aber keine Ahnung, was ich essen will. Ringsum sind nur Dönerbuden, dazwischen ein schäbiger Mexikaner. So groß ist mein Hunger nun auch wieder nicht.

Langsam lauf ich die O-Straße hoch. So viele Jahre in Berlin, Mauer weg oder da, Yuppies auf dem Vormarsch und Türkenkneipen erst recht – es ist immer noch meine Lieblingsstraße. Hier leben die Leute so richtig vor sich hin, auch wenn regelmäßig welche von ihnen dabei draufgehen und morgens wie ein Sack Müll am Oranienplatz liegen. Trotzdem, wenn ich 'n paar Tage hintereinander die O-Straße nicht langlaufe, bin ich wie auf Entzug.

Am Heinrichplatz stelle ich mich in einen von diesen neuen Vegi-Fast-Food-Läden und ordere einen

Bioburger, der gar nicht mal so übel schmeckt. Ich bestelle gleich einen zweiten hinterher, dazu 'ne Coke, und als ich wieder draußen stehe, ist mir schon viel wohler im Magen.

Vorm Franken sind die ersten Suff-Punks am stänkern, daneben, im Besoffenen Schiff, dinieren die Kreuzberger Alternativen. Der Bierhimmel ist mir heute zu öde, das Roses hat noch nicht auf, also haue ich mich vor die nächstbeste Spelunke auf eine Bank und trinke noch eine Coke.

Ich möchte zu gerne wissen, was er jetzt macht.

Kurz überlege ich, den 129er zurück nach Schöneberg zu nehmen. Ich könnte am Nolli nach ihm Ausschau halten, die ganzen Bars da abklappern. Aber irgendwie ist mir nicht danach. Und außerdem glaube ich nicht, daß er in Schöneberg rumhängt. Ich weiß allerdings auch nicht, wo er sonst rumhängen könnte. Er kommt mir vor wie einer, der nirgendwo rumhängt. Einer, der keinen Platz hat.

Ich kann es nicht richtig erklären. Er kommt mir vor wie mein eigenes Ich, wie mein Alter Ego. Er hat was mit mir zu tun, und ich mit ihm. So einfach ist das vielleicht.

Zu Anfang war ich nur neugierig und nichts weiter. Das mit den anderen Jungs war mir zu wenig, und außerdem war es riskant. Da war das in der Stadt schon besser. Stadt ist zuviel gesagt, eigentlich ist es 'ne Kleinstadt, ein größeres Dorf sozusagen. Aber trotzdem, es gab tatsächlich so eine Art Klappe, wo am Freitagabend in der Dämmerung die Biedermänner rumlungerten, schnell noch 'ne kleine Nummer und dann ab zur Gattin, Abendessen, Wochenende, Familienleben hoch 10. Bißchen Gefummel, Wichsen, Handarbeit, der eine oder andere Blowjob. Nicht für Geld. Einfach so.

Schon damals ließ ich die anderen machen.

Erst war ich einfach nur neugierig. Aber ziemlich schnell wurde mir klar, wo es langging für mich. Lange vor Gerald. Lange, bevor ich nach Berlin kam.

Beim ersten Mal war es so ein jungscher Typ, gar nicht mal so viel älter als ich, Verkäufer im Lampengeschäft gleich um die Ecke. Er schleppte mich mit zu sich nach Hause. Er wohnte noch bei seinen Eltern, aber die waren verreist.

Vor der Tür stellte er artig seine Schuhe neben die Matte. Ich tat es ihm gleich, und dann führte er mich schnurstracks ins Schlafzimmer von seinen Alten, und da zog er sich aus und kniete sich mitten aufs Bett. Es war so ein typisches Spießer-Ehebett, mit Überdecke und Nachttischen rechts und links, und er hockte obendrauf und hielt mir den Arsch hin.

Ich stand da wie blöd. Mann, ich war fünfzehn. Groß und kräftig, aber trotzdem erst fünfzehn. Ich kannte nur Blowjobs und Wichsen.

Der Jungsche guckte mich unter seiner knöcherigen Schulter hindurch an und sagte mit so einer nöligen Stimme: „Was ist denn? Worauf wartest du denn? Nun zieh dich doch aus."

Ich zog mich nicht aus. Ich machte bloß den Reißverschluß meiner Billigjeans auf, holte meinen Ständer raus und stieg aufs Bett, und als ich mich hinter den Jungschen hockte und meinen Schwanz gegen seine Kimme drückte und schließlich zustieß, war mir einen Moment lang richtig traurig zumute. Irgendwie hätte ich mir meinen ersten Arschfick ganz anders gewünscht, langsamer vielleicht und mit jemand anderem. Mit einem, der mir wirklich gefiel. Und ganz bestimmt nicht auf dem Ehebett irgendwelcher Leute, die mit Sicherheit die Nase rümpfen würden, wenn sie mich sähen. Und erst recht, wenn sie mehr über mich wüßten.

Aber dann schlug meine Traurigkeit um in Ärger und schließlich in Wut. Der Jungsche stöhnte und ächzte wie wild, und die ganze Zeit über, während ich in ihn reinpumpte, wichste er sich mit einer Hand, in rasendem Tempo.

Ich brauchte 'ne ganze Weile, um zum Ende kommen. Klar war es geil, diese enge heiße Röhre, in der mein Dicker hin und her rutschte, aber irgendwie war es auch gar nicht geil. Ich war einfach so sauer, auf alles. Auf mich, diesen Typen, die Tatsache, daß er sich von mir auf dem Ehebett seiner nichtsahnenden Eltern druchrammeln ließ und das auch noch gut fand. Wahrscheinlich kam er sich richtig toll dabei vor. Für mich war er nichts als 'ne feige, verlogene Sau.

Es war erst wieder geil, als ich dem Jungschen vor Wut auf den Arsch klatschte und er noch lauter stöhnte.

„Ja, ja, mach weiter", jammerte er und wichste noch schneller. Er rutschte ein bißchen unter mir weg und knickte meinen Schwanz dabei um, und das machte mich irgendwie an.

„Paß doch auf, du Sau! Komm wieder hoch!"

Er hörte nicht auf mich, und deshalb klatschte ich ihm noch mal auf den Arsch, und er schrie auf. Ich ließ mich mit voller Wucht auf ihn drauffallen, und dann legte ich los, volle Kanne. Ich fickte ihn dermaßen durch, daß mein Schwanz hinterher ganz wund war, und als ich meine Ladung abfeuerte, tat es mir richtig weh in den Eiern. Für mein Gefühl war es so, als ob ich Blut spritzte, aber natürlich konnte ich das nicht sehen, weil mein Dicker bis zum Anschlag in ihm drinsteckte.

Als ich ihn schließlich rauszog, mochte ich nicht so genau hinsehen. Ich wischte mich mit 'nem Papiertaschentuch ab, das der Jungsche mir hinhielt, und dann bemerkte ich, daß er ebenfalls abgespritzt hatte. Zwischen seinen nackten, haarigen Knien lag ein zusammengeknülltes Papiertuch mit feuchten Flecken. Auf einmal ekelte ich mich.

Ich war vom Bett runtergestiegen und damit beschäftigt, mein Gehänge wieder zu verstauen, als ich merkte, daß der Jungsche plötzlich noch etwas anders in der Hand hielt. Es waren Hosenträger, welche von der ganz altmodischen Sorte, braun mit kleinen Dreiecken drauf. Vermutlich gehörten sie seinem Vater.

„Fesseln?" fragte der Jungsche und legte die Hosenträger vor sich auf die Überdecke.

Ich sah ihn an.

Er streckte beide Hände aus und hielt sie mir hin, die Handflächen nach oben.

Ich drehte mich um und ging einfach raus.

Das war der Tag, an dem ich begriff, auf welchem Weg ich mich befand. Aus mir würde ein guter Meister werden. Ich hatte das Zeug dazu. Aber ob mir das auch wirklich gefiel, wußte ich nicht.

Und so ging das weiter. Ein paar Jahre später ging ich nach Berlin und fing an zu studieren, und dann traf ich Gerald. Und bei ihm kippte ich um. Er war nicht der erste, der mich gefickt hat. Aber der erste, der mich ins Herz traf. Alles hätte ich ihn machen lassen, aber er wollte es nicht. Gerald hielt mich auf Abstand. Vielleicht, weil er spürte, was ich für ihn fühlte.

Aus mir ist ein guter Meister geworden. Aber manchmal weiß ich immer noch nicht, ob mir das wirklich gefällt. Manchmal wünsche ich mir alles ganz anders.

Und im Moment ganz besonders.

Es ist halb elf durch, als ich beschließe, noch kurz nach Hause zu gehen. Ich kann eine Dusche brauchen und ein neues Shirt, und dann werde ich mal sehen. Obwohl mir jetzt schon klar ist, daß ich nicht zu Hause bleibe heut abend. Ich hab Hummeln im Arsch. Und zu Hause wartet nichts auf mich. Nichts außer ein ganzes Zimmer voll Fragen.

Ich laufe die O-Straße runter, die Wiener entlang, dann in die Ohlauer rein. Die Luft ist mild. Ein schläfriges Summen liegt über den Dächern, der Rest des geschäftigen Tages, bevor er zur Neige geht. Hier in der Ohlauer ist es sehr ruhig, kein Mensch unterwegs, soweit ich das sehe. Ich latsche so vor mich hin und denk meinen Teil, und erst viel zu spät fällt mir auf, daß ich doch nicht allein bin.

Die Jungs sind höchstens dreizehn, vierzehn, noch in dem Alter, wo das Wachsen manchmal endlos auf sich warten läßt. Sie tragen diese Sackhosen und die unvermeidlichen Mützen, solche, wie Anton sie ebenfalls trägt. Es sind vier oder fünf, und sie stehen ganz dicht beieinander, in der Ecke zwischen Schulhof und Spielplatz. Da, wo kein Licht ist.

„He, was'n das? Wer kommt denn da?" sagt einer von ihnen, und die anderen treten aus dem Schatten und stellen sich mir halb in den Weg. Ganz trauen sie sich nicht. Nächstes Jahr bestimmt. Aber jetzt eben noch nicht. Jetzt wird noch geprobt. 'ne Stunde später, und sie lägen schon längst in der Kiste. Auch Nachwuchsgangster brauchen ihren Schlaf.

Ich bleib stehen und guck sie mir der Reihe nach an. Drei sind Türken, einer vielleicht Araber oder Iraker, und der fünfte, der Kleinste im Bunde, ist schwarz. Zur Hälfte vermutlich. Hübsches Gesicht, große, funkelnde Augen und volle, höhnische Lippen. Der Anführer, hundertprozentig. Er schiebt sich nach vorne.

„Hamse ma 'ne Kippe für uns?" fragt er lässig, mit einer Stimme, die mitten im Stimmbruch hängt.

„Seh ich so aus?"

„War nur 'ne Frage. Hamse denn 'n bißchen Kohle für uns?"

Seine Kumpels sind vollkommen angespannt. Sie starren mit weit aufgerissenen Augen abwechselnd auf seinen Hinterkopf und mein Gesicht. Einer lacht nervös auf. Der kleine Schwarze stellt sich besser in Positur.

„Bürschchen, du versperrst mir den Weg", sage ich ruhig, und die beiden Jungs ganz links räumen lautlos die Piste. Jetzt bilden sie einen Pulk hinter dem Zwerg. Der fühlt sich gestärkt.

„He, ich bin kein Bürschchen, klar!" Er steht mit gespreizten Beinen vor mir. Mir fällt auf, wie lang seine Beine im Verhältnis zum Rumpf sind. In zwei, drei Jahren, vielleicht auch schon früher, wird er ein großer Bursche sein. Und ein großes Arschloch.

„Klar bist du eins. Jedenfalls verhältst du dich so."

„Ach ja? Wie verhalt ick mir denn?" Er rotzt auf den Boden, mir direkt vor die Füße. Das ist nicht nett.

Ich ducke mich kurz, dann schnelle ich nach vorn. Es ist nur eine Drohgebärde, aber sie reicht. Der kleine Schwarze prallt rückwärts in seine verschreckten Kameraden. Einer stolpert, reißt seinen Hintermann um. Der erste haut ab, gefolgt von zwei andern. Nur der Anführer steht da wie angewurzelt. Hinter ihm rappelt sich der letzte seiner Kumpane vom Boden auf.

„Geh ins Bett, Junge", sage ich, gar nicht mal unfreundlich. „Laßt den Scheiß, klar?"

„Ich mach das, was ich will", entgegnet er, aber seine Stimme klingt zittrig. Ein bißchen tut er mir leid.

Als ich ihn und seinen Kumpel hinter der Ecke verschwinden sehe, muß ich schon wieder an den Kleinen denken.

Dieser arme kleine Kerl, auf dessen Leben keiner auch nur einen Pfifferling gibt. Ich meine, wen schert es, ob der durchkommt oder nicht? Irgendwer hat ihn in die Welt gesetzt und verlassen und das war's.

Um diese Jungs schert sich vermutlich ebensowenig jemand. Vielleicht ihre Mutter, vielleicht der eine oder andere Kumpel, und auch das nicht für lange. Es gibt so viele von diesen unnützen Jungs, und sie wachsen unentwegt nach. Ob ein paar draufgehen oder nicht, ob sie im Knast landen oder auf 'm Flur vom Sozialamt, wo sie mit ihren breiten Sportschuhen die Kippen platt treten und dumm rumpöbeln, wen juckt das schon? Gebraucht werden sie eh nicht. Wozu auch?

Mich hat allerdings auch keiner gebraucht. Und trotzdem bin ich noch da. Ein großes, erwachsenes Arschloch. Aber nicht immer.

Einer wie ich hat auch andere Seiten. Einer wie ich kann noch mehr.

Gegen eins laufe ich in der Beluga-Bar auf, mit 'nem sauberen Hemd und 'ner frischen Nacken-Rasur, die ich mir gerade selber verpaßt hab. Im Spiegel habe ich gut ausgesehen, ganz anders, als ich mich fühle.

Außer dem Haarschnitt habe ich die Zwischenzeit dazu genutzt, mir noch mal jeden Handgriff vor Augen zu führen. Ich hab versucht, mir jede mögliche Komplikation ins Gedächtnis zu rufen, obwohl mir klar ist, daß immer irgendwas Unvorhergesehenes passieren kann. Das Schlimmste wäre, wenn Schubert mir unterm Messer wegstirbt. Gegen so was ist keiner gefeit, selbst der beste, erfahrenste nicht.

Am liebsten hätte ich Malte angerufen, nur, um kurz mit ihm zu reden. Er ist zwar am Montag nicht mit von der Partie, aber das macht nichts. Malte kann ziemlich beruhigend auf mich wirken.

Als ich den Hörer schon in der Hand hatte, sah ich auf die Uhr. Elf durch. Nicht gerade die Zeit, um Familienväter zu stören.

Die Beluga-Bar liegt abseits der O-Straßen-Piste, versteckt am falschen Ende der Dresdner Straße. Zwei Häuser weiter stand früher die Mauer, und jetzt ist immer noch Ruhe ringsum. Vom O-Platz muß man ein Stückchen laufen, kein Hinderungsgrund für die schwulen Brüder. Für Kreuzberg, Mitte und ganz Südost ist die Beluga das heimliche Mekka, sogar die Schöneberger pilgern zuweilen hierhin. Bei den Lederpartys einmal im Monat rückt der ganze Motzstraßenkiez an. Dann steh ich meistens im Tom's oder im Hafen. Die Leere genießen.

Heute abend ist keine Party. Heute ist einfach nur Samstag. Der Laden brummt trotzdem. Heute geht irgendwas ab, das merk ich sofort, als ich reinkomm.

Miguel schlägt mir auf die Schulter, während er die Tür hinter mir zumacht. „Len. Haste Hunger? Die Suppe ist kurz vorm Kochen." Er nickt in Richtung Bar und sieht mich ausdruckslos an.

Miguel ist so breit und groß wie die Tür, und in all den Jahren, die ich ihn schon kenne, hab ich ihn kein einziges Mal lachen sehen. Ich weiß gar nicht, ob er das überhaupt kann. Trotzdem mag ich ihn gern. Vielleicht, weil er sich stets auf Distanz hält. So was kann ich gut ab.

„Markus da?" frage ich, und ein kurzes Leuchten huscht durch Miguels dunkle Augen.

„Glaub nicht, daß ich dir das sagen soll, Mann."

Genausowenig, wie Miguel über sich spricht, redet er auch über andere. Ich hab schon vor längerer Zeit bemerkt, daß er Markus gut findet. Da ist immer so 'n Blitzen in seinen Augen, wenn er ihn sieht. Obwohl ich eigentlich denke, daß Miguel auf Härtere steht. Würd mich nicht wundern, wenn er den Kerl von vorgestern nacht kennt. Der Gedanke bleibt in mir haften.

„Miguel, sag mal ..."

„Hä?"

Er glotzt mich regungslos an, und ich schlucke die Frage runter. Ich weiß nicht, wie ich fragen soll. Ich weiß ja noch nicht mal den Namen.

„Vergiß es."

Miguel zuckt mit den Achseln, dann nickt er erneut in Richtung Bar, und ich schiebe los.

Am Tresen hängen dichte Trauben von Männern, die alle gleichzeitig versuchen, bei Rodney oder seinem Kollegen zu bestellen. Um die Tanzfläche herum lungern lüsterne Jungs, und hinten, an den Tischen, drängen sich jede Menge Pullis. Die Pullis hocken immer dahinten. Nach vorne trauen sie sich nur zum Getränke ordern.

Ich werfe einen Blick ins Hinterzimmer. Der Kerl ist natürlich nicht da, und wenn ich ehrlich bin, bin ich ganz froh darüber. Miguel hat recht, hier ist die Suppe kurz vorm Kochen. Noch benehmen sich alle, aber es wird nicht mehr lange dauern, bis es losgeht. Ein paar von den alten Hasen haben schon diesen komischen Blick drauf. Am Billardtisch wird schon probeweise gefummelt. Der Ledertyp, der seinen Jungen begrapscht, hat 'ne sichtbare Beule.

Die Beluga-Bar hat keinen Keller, aber dafür das Hinterzimmer. Zu flauen Zeiten wird hier abgehangen und Billard gespielt. Wenn die Stimmung steigt und überkocht, dimmt der Barmann das Licht und macht die Tür zu. Es gibt eine abschließbare Truhe mit Spezialitäten, und wenn sie offen ist, machen die vielen unscheinbaren Haken an Wänden und Decke plötzlich mehr Sinn. Selbst 'n Fachmann kann dann nur staunen. Ich hab immer noch keine Ahnung, wer sich das ausgedacht hat. Der Bursche muß einfach genial sein.

Zehn, fünfzehn Typen hängen im Hinterzimmer rum und beglotzen den alten Lederkerl mit seinem Burschen. Ich bleib ein bißchen stehen und seh zu, aber überzeugen kann mich das nicht. Mir ist mehr nach reden. Mit Markus am liebsten.

Als ich zum Tresen zurückschlendere, treffe ich Anton. Er kommt gerade vom Klo, einen versonnenen Ausdruck in seinem merkwürdigen Gesicht. Zuerst sieht er mich nicht, dann lächelt er breit.

„Hallo, Lennart!" sagt er herzlich. „Da bist du ja. Markus wird sich freuen."

Seine Herzlichkeit ist echt, sie berührt mich.

„Ach, ehrlich?" entgegne ich, aber meine Ironie verrutscht, während ich rede. Ohne daß ich es will, klinge ich genauso herzlich wie Anton zuvor, und das läßt mich verstummen.

Anton merkt offenbar nichts. Er schiebt vor mir her zu Markus, der ganz hinten am Tresen lehnt, und winkt ihm schon zu, bevor wir dort sind. Markus winkt sogar zurück. Ich registriere den Blick, den die beiden sich zuwerfen, und ich weiß: Mit Anton muß ich die nächste Zeit rechnen. Markus' Eingangstest hat er zumindest bestanden.

„Lenny", sagt Markus und legt mir den Arm um die Schultern. „Schön, daß du noch kommst. Hab schon fast nicht mehr mit dir gerechnet."

„Ich hab doch gesagt, daß ich komme." Jetzt klinge ich wie ein kleiner, trotziger Junge. Unwirsch mache ich mich los. „Ich brauche erst mal ein Bier."

„Ich hol dir eins", sagt Anton, aber ich schüttele den Kopf.

„Nee, laß mal, das mach ich schon selbst. Aber danke", füge ich hinzu, als ich spüre, wie Markus sich an meiner Seite versteift.

Anton zuckt gleichmütig mit den Schultern. Er legt eine Hand auf Markus' Knie, und Markus beugt sich vor und bringt seine Lippen dicht an mein Ohr.

„Lenn-nnie! Len. Kein Grund zur Eifersucht. Alles in Ordnung."

„Wie kommst du denn auf den Scheiß", blaffe ich halbherzig zurück. Tatsächlich bin ich ein wenig besänftigt. Aber trotzdem, ich fühle mich irgendwie im Stich gelassen.

Markus krault mich ungerührt im Nacken. „Gut geschnitten. Gut siehst du aus. Komm schon, hol dir ein Bier. Ich bleibe hier."

„Hab ich gesagt, daß du mir Händchen halten sollst oder wie?"

„Gesagt nicht", erwidert Markus, und ich rechne ihm hoch an, daß er sich die zweite Hälfte des Satzes verkneift.

Ich mache mich auf die Socken, und die Anziehungskraft zwischen Markus und Anton ist wie ein Netz um mich, das sich dehnt und spannt und erst nach ein paar Schritten zerreißt und dann von mir abfällt.

Ich schaffe es, mich in die Traube am Tresen zu drücken. Rodney sieht mich und schiebt mir wortlos ein Bier zu. Seine Mundwinkel hängen ein bißchen.

„Was macht die Beute?" frage ich, und Rodney schüttelt den Kopf.

„Schall und Rauch." Er geht zum Kühlschrank im Eck, um Malzbier zu holen, und ich ziehe Leine.

Es ist so voll, daß ich nicht weiß, wo ich mich hinstellen soll. Eine Weile peile ich die Lage, sichte ein paar Jungs, die ich kenne, nichts von Bedeutung. Ihn sehe ich nicht. Ich rede ein bißchen mit Jens, dann mit 'nem andern. Schließlich steuere ich die Wand neben dem Ausgang an, um mich dagegenzulehnen. Aber auch da steht schon jemand. Greta, genauer gesagt.

Klar gibt es kaum Frauen in meinem Leben. Aber ein paar gibt es doch. Eine zumindest. Mit Greta unterhalte ich mich jedenfalls gerne. Nicht, daß ich groß Gelegenheit dazu hätte; Greta taucht nur selten mal auf. Aber in Anbetracht der Tatsache, daß hier in der Beluga-Bar oder sonst in den Schwulenkaschemmen kaum Frauen abhängen, ist das schon viel.

Für meinen Geschmack ist Greta 'ne Bische der Extraklasse. Mittelgroß, muskulös, vielleicht ein paar Kilo zuviel, aber egal. Greta sieht einfach gut aus. Sie hat irre schöne Augen, blau, mit so 'm Schuß ins Graue. Auf so was steh ich nun mal.

Solche wie sie gibt es nicht oft. Ich mein, ich seh öfter mal Bischen, die sich ähnlich stylen oder sogar der gleiche Typ sind wie Greta, aber das sind nur Kopien. Greta ist original. Und ich mag ihre Art.

„Tag, Lennart", sagt sie und lächelt mich an. Ich stelle mich neben sie hin.

„Greta. Was hast du denn schon wieder hier verloren? Hat die Frauenklappe heut zu?"

Greta lacht. „Nein, aber ich dachte, ich guck bei euch Brüdern mal rein. Kann ja sein, daß ich sonst 'n neuen Modetrend verpasse. Ihr seid doch so modisch, nicht wahr?"

„Gib's auf, Greta. Bei dir ist sowieso Hopfen und Malz verloren."

„Großmaul", sagt Greta und trinkt ihr Bier aus. Jetzt sehe ich, daß neben ihr 'ne andere Bische steht. Klein, Glatze, Anzug. Ganz hübsch, aber für meinen Geschmack viel zu jung. So 'ne Art Sklavenverschnitt für Lesben. Was ich vor allem daran erkenne, daß Greta sie mir nicht vorstellt. Greta stellt mir alle ihre Weiber vor, nur ihre Sklavinnen nicht. Das gehört wohl dazu.

„Stell mich mal vor", sage ich, einfach, um Greta zu ärgern.

Sie blitzt mich an. Klar, daß sie das peilt. Immerhin sind wir ein ähnlicher Schlag. Jedenfalls finde ich das.

„Das ist Dolly", sagt Greta und greift der Kleinen fest in den Nacken, bis sie sich artig verbeugt.

„Dolly? Dolly Parton?"

„Sehr witzig. Und du? Was ist mit dir? Du siehst so durchgenudelt aus."

„Bin ich auch", antworte ich, und erst einen Moment später merke ich, daß ich es ernst gemeint habe.

Greta betrachtet mich aufmerksam. Sie nimmt die Hand aus dem Nacken der Kleinen. Eine Weile schweigen wir alle drei, und dann sagt Greta: „Kann dir nicht schaden, Lennart. Wenn du mich fragst – geh mal runter vom Gaspedal."

„Ich frag dich aber nicht", sage ich, aber cool kommt das nicht rüber. Der Bruch ist schon geschehen; ich kann nicht so tun, als sei alles beim alten. Und vielleicht will ich das im Moment auch gar nicht.

„Gut", sagt Greta. „Wir sind gerade am Gehen. War schön, dich gesehen zu haben."

Sie nickt mir zu, Dolly ebenso, und dann wenden sie sich tatsächlich zur Tür. Ich stehe dumm da. Am liebsten möchte ich sie aufhalten. Sie sollen dableiben, sie sollen den Rest des Abends neben mir stehen und belangloses Zeug mit mir quatschen oder meinetwegen auch ernstes. Aber natürlich sage ich nichts.

„Tschüs", sagt Greta noch einmal, schon halb im Ausgang. Ihre Augen nageln mich fest an die Wand.

„Tschüs", sage ich auch und muß mich räuspern, weil das Wort nicht richtig rauskommt.

Greta zögert, aber nur kurz. „Tschüs, Lennart. Paß auf dich auf", sagt sie noch, und dann geht sie wirklich.

Ich bleib einfach stehen.

Irgendwann entdecke ich Jop. Er steht genau neben der Traube am Tresen und stiert auf die kleine Tanzfläche an der Stirnseite des Raums. Er hat eindeutig einen komischen Ausdruck in den Augen. Ich folge seinem Blick.

Erst kann ich nicht erkennen, was ihn derart in den Bann zu ziehen vermag. Auf der Tanzfläche schwappt die übliche Mischung. Durchgeschwitzte Bürste-Piercing-Jungs, welche mit nacktem Oberkörper, Lederkerle, die sich hölzern bewegen, schlaksige Pullis. Ich wüßte nicht, wer von ihnen Jop interessieren könnte.

Aber er starrt immer noch stur in die Richtung, und ich sehe genauer hin.

Dann geht mir auf, daß Jops Blickfang nicht auf der Tanzfläche steht, sondern dahinter. Es ist ein Türke, vielleicht achtzehn oder neunzehn. Kurze Haare, Ohrring, College-Jacke. Supergelangweilte Fresse.

Aber das sieht nur so aus. In Wirklichkeit nimmt er Witterung auf. Ich erkenne es daran, wie seine Nase leicht bebt, seine Augen unruhig zucken. Als er sich ins Halbprofil dreht, erkenne ich ihn. Ich hab sein Foto schon mal gesehen. Bei Jop. Gestern. Im Auto.

Jop starrt ihn immer noch an. Ich bin sicher, daß er das weiß. Sein Blick gleitet über die Tanzfläche, über die Leute am Tresen, über Jop, der dasteht wie auf dem Sprung. Aber der Junge verzieht keine Miene. Sein Blick gleitet weiter, bleibt irgendwo hängen. Ein kurzes Lächeln auf seinen Lippen, dann hebt er das Kinn.

Der Typ, den er anpeilt, schüttelt den Kopf.

Der Bursche zuckt mürrisch mit den Achseln. Dann eben nicht.

Ich lehne lange an der Wand und beobachte Jop. Der Bursche treibt weiter sein Spielchen, und Jop tut so, als sei nichts. Er schaut nicht mehr unentwegt zu ihm rüber, aber trotzdem ist er vollkommen auf ihn konzentriert. Mehrfach sieht er in meine Richtung, ohne mich zu erkennen. Nicht mal Markus bemerkt er, der ihm ein-, zweimal aus dem hinteren Eck zuwinkt. Jop sieht nur den türkischen Jungen. Und der guckt ihn nicht an. Nicht ein einziges Mal. Auch nicht, als er sich an Jop vorbeidrückt und Geld von ihm nimmt. Für Bier und Fluppen, wahrscheinlich. Und sonst was, was ich lieber nicht wissen will.

Es ist nicht etwa so, daß ich Jop gut genug kenne, um alles richtig zu deuten, was er so tut. Aber während ich dastehe und ihn beobachte, wird mir klar, daß ich in diesen Minuten dabei bin, ihn tatsächlich so gut kennenzulernen. Wenn ich Jop das nächste Mal sehe, werde ich ihn mit anderen, wissenden Augen sehen. Er wird nicht mehr viel vor mir verbergen können.

Jop wird mich niemals so gut kennenlernen wie ich ihn jetzt, in diesen Minuten. Aber ich bin nicht traurig darüber. Ich habe kein Bedürfnis danach.

„Lennart, willst du nicht noch mal zu uns nach hinten kommen?" fragt Anton, der auf einmal neben mir steht. Er hat zwei Bier in den Händen und sieht aufgeregt aus.

„Gleich", sage ich. „Ich hab noch was zu tun."

„Ich geh schon mal vor", sagt Anton, und dann rauscht er ab.

Jop sieht mich erst, als ich vor ihm stehe.

„Hallo", sagt er matt.

„Hi, Jop. Wie geht's?"

„Schon bessere Tage gesehn." Er stützt sein Kinn auf dem Rand seiner Bierflasche ab, eine resignierte Geste, die weiter nicht auffällt.

„Willst du noch ein Bier?"

„Nee, danke, ich hab noch." Er stiert weiter vor sich hin. Ich habe das deutliche Gefühl, daß ich ihn störe, aber trotzdem bleibe ich stehen.

Jops Augen jagen nach rechts, und ohne hinzusehen, weiß ich, daß der Türke gerade langsam hinter mir vorbeigeht. Jop verfolgt ihn mit Blicken. Dann merkt er plötzlich, daß ich ihn beobachte.

„Was denn? Was glotzt du mich so an?"

„Nur so", sage ich und trete zurück. Ich werfe einen Blick auf den Türkenjungen, der wieder auf der anderen Seite der Tanzfläche steht, und dann sehe ich Jop an.

Jop preßt die Lippen zusammen. „Ich hol mir doch noch ein Bier", sagt er und dreht sich um.

Markus und Anton unterhalten sich eifrig. Ich sehe Markus' entspanntes Gesicht und Antons gerötete Ohren, und ich mache auf dem Absatz kehrt und gehe nach hinten.

Die Tür zum Hinterzimmer ist zu. Ein paar Typen lungern davor herum, ohne sich richtig zu trauen. Und obwohl ich weiß, daß es für mich, in diesem Moment, an diesem Abend, das Falsche ist, leg ich meine Hand auf die Klinke und drücke sie runter.

Die Party ist voll im Gange. Meine Augen brauchen einen Moment, um sich an das schwache Licht zu gewöhnen. Irgendwer hat den Sling aufgehängt, in dem sich ein magerer Jüngling windet. Der Kerl, der ihn bearbeitet, keucht wie ein Stier. Er trägt einen Harness und Lederjeans, und die Mütze ist ihm tief in die verschwitzte Stirn gerutscht.

Sechs, sieben Typen sehen zu, die meisten wichsen dabei, sich selbst oder 'nen andern. An den Haken neben der Tür hängt Rodneys Beute von neulich in

Ketten und stöhnt, sein kurzer Ständer schwankt in der Luft. Keiner da, der ihn bedient. So ein Pech.

Auf dem Billardtisch liegt ein gutaussehender Junge auf dem Rücken und wird von zwei Seiten gerammelt. Das interessiert mich. Ich schiebe mich vor.

Die obere Nummer ist nicht besonders spektakulär. Einfach ein Typ, der auf den Schultern des Jungen kniet und ihm den Schwanz in den Mund steckt. Der Typ bewegt sich kaum, und der Junge hat die Augen geschlossen und lutscht. Ab und zu wimmert er auf. Aber das liegt an dem Kerl auf der anderen Seite. Das ist ein verdammt guter Ficker dahinten.

Den Typen, der seinen Bolzen in den Arsch des Jungen rammt, kenn' ich vom Sehen. Er ist ziemlich gut in Schuß für sein Alter; ich schätze ihn auf knapp über fünfzig oder noch höher. Jetzt, wo ich ihm zusehe, merke ich, daß ich recht habe. Er rammelt gleichmäßig und kraftvoll, und seine Pranken halten die Schenkel des Jungen, zwischen denen dessen Schwanz klemmt, in eisernem Griff. Ab und zu hebt er den Arsch des Jungen ein Stückchen an und geht in die Knie, und jedesmal, wenn sein Schwanz bis zum Anschlag verschwindet, wimmert der Junge.

Der Kerl stößt höllisch hart zu. Allein vom Zusehen kriege ich 'nen Harten. Ich gehe noch näher heran. Der Kerl blickt auf, sieht und erkennt mich. Er zieht sich ein Stückchen zurück und hebt die Beine des Jungen senkrecht nach oben, bis sein Hammer nur noch mit der Eichel im Arsch des Jungen steckt.

„Willst du?" fragt er mich.

Einen Moment bin ich versucht, dann schüttele ich den Kopf. Die Suppe kocht, aber ich hab keinen Hunger.

„Mach weiter", sage ich heiser. „Fick ihn durch. Fick für mich mit."

Der Kerl lächelt breit. Das gefällt ihm. Langsam schiebt er seinen Schwanz weiter rein, zieht ihn wieder zurück, dann bewegt er die Hüften, läßt sie kreisen. Sein Hammer kreist mit, dehnt die Rosette, quälend langsam und geil. Dann stößt er zu. Und diesmal kommt er so richtig ins Schwitzen.

Er fickt und rammelt und keucht, und ich sehe zu. Ab und zu wirft er mir einen Blick zu, um gleich darauf härter zu stoßen. Er hat ein fieses Grinsen im Gesicht, die ganze Zeit, und seine Kiefermuskeln mahlen.

Er ist wie in Trance, und ich bin es auch. Es ist, als ob ich in weiter Entfernung stehe und zusehe, und zugleich laufen meine Gedanken weiter, als hätten sie nichts mit meinem Körper zu tun. Der Kerl von neulich. Schubert, Markus und Anton. Jop, die Schnösel am See. Der Kleine und Malte, Gerald, die Klinik. Alles fliegt durch meinen Kopf, rauscht vorbei, kehrt in Wellen zurück. Jemand sagt etwas zu mir, aber ich höre nicht hin. Eine Hand grapscht an meinen Sack, ich schubse sie weg. Ich stehe steif wie ein Baum, unberührbar, unbeweglich.

Der Typ oben ist schon längst fertig und runtergestiegen, der Junge hält sich wimmernd an den Rändern des Billardtisches fest, als der Kerl endlich seine

Ladung abschießt. Blitzschnell zieht er seinen Schwanz raus, reißt das Kondom runter und spritzt dem Jungen voll auf die Backen.

Selten hab ich soviel Beize aus einer Ladung gesehen. Sie trieft am Arsch des Jungen runter und tropft auf den Tischrand und von da aus zu Boden.

Die Typen drumrum gaffen wie blöde. Der Kerl packt seinen Schwanz wieder ein und lächelt zufrieden.

„Geile Nummer", sagt er und wirft einen Blick auf den Jungen. Der liegt atemlos da und starrt den Stecher bewundernd an. Sein steifer Schwanz hängt schwer auf seinem Bauch.

„Einer sollte ihn melken", sagt der Kerl und zuckt mit den Achseln. Die Typen zu beiden Seiten des Tisches rücken näher heran, und er zieht sich zurück und schaut zu mir her. Er macht mir gerade ein Angebot, aber ich nehm es nicht an.

Ich hebe die Hand zum Gruß und drehe mich um. Für heute hab ich genug.

Als ich die Tür öffne, fällt ein Lichtstrahl aus dem Gang auf die zwei Typen direkt neben mir, und ich halte inne. Es sind Jop und der Türke. Jop hält die Augen geschlossen, ein verzücktes Lächeln auf dem Gesicht, und läßt sich wichsen. Der Türke sieht ihn nicht an. Er glotzt rüber zum Tisch, wo der Junge gerade bedient wird.

Ich mache die Tür auf und geh raus, bevor Jop mich entdeckt.

Am Tresen steht Markus und sieht mir entgegen.

„He, Lenny. Doch noch aktiv?“

„Nein“, sage ich und merke, daß mir heiß wird, so als würde ich lügen. „Hab nur geguckt, was sich so tut.“

„Und, was tut sich?“

„Nicht viel. Was tut sich bei dir?“

Er grinst. Er braucht nicht zu antworten. Ich will gar nicht, daß er antwortet.

„Gehst du?“ fragt er, und mich wundert, daß er das weiß.

„Ja.“

„Vergiß nicht, morgen mittag.“

Als er mein verständnisloses Gesicht sieht, fügt er hinzu: „Prinzenbad. Wir wollten doch schwimmen.“

Das hatte ich ganz vergessen. Aber jetzt, wo Markus mich daran erinnert, bin ich auf einmal froh, daß ich morgen eine Verabredung habe. Morgen ist der letzte Tag. Der dritte Tag, und ich fühle mich nicht regeneriert. Kein Stück. Nicht das kleinste Stückchen.

Ich verabschiede mich von Markus und Anton, der neben ihm aufgetaucht ist, und dann schiebe ich zum Ausgang.

Als ich am Ende des Tresens angelangt bin, geht gerade jemand raus. Auf einmal kann ich nicht atmen. Ich bleibe stehen, und dann renne ich los, quer durch den Laden, an Miguel vorbei, der mich verdutzt anstarrt, raus aus der Tür.

Er ist nirgends zu sehen. Kein Mensch weit und breit. Ich spurte nach links um die Ecke, aber auch dort liegt die Straße verlassen.

Ich renne wieder zurück. Mein Herz klopft schnell, als ich stehenbleibe und mich umsehe, immer wieder, nach links, nach rechts. Ich versuche, ganz still zu stehen und zu lauschen. Aber nichts ist zu hören. Kein Auto springt an. Alles ist ruhig.

Hinter mir macht Miguel die Tür auf und glotzt mich an.

„Miguel“, sage ich, mühsam nach Luft ringend. „Der Kerl, der hier gerade raus ist …“

Miguel starrt mich immer noch an. „Hab keinen gesehen“, sagt er langsam.

„Bitte, Miguel.“

Er hebt die Schultern und läßt sie fallen. „Sorry, Len. Hab keinen gesehen.“

Der Weg nach Hause kommt mir unendlich weit vor. Ich sehe mich nicht um, kein einziges Mal. Meine Füße sind irgendwo ganz weit da unten, viel zu weit weg, um zu mir zu gehören. Erst in meinem Flur rücken sie näher an meinen Körper heran.

Ich mache kein Licht. Als ich mich ausziehe und ins Bett lege, spüre ich seine Hände auf meinem Rücken. Er hat mich lange gestreichelt, danach. Bevor er dann ging. Ich frage mich, ob er sich daran erinnert. Ob es ihm weh tut, sich zu erinnern.

Mir tut es weh. Und trotzdem kann ich nicht aufhören damit.

Es ist Ende August, vermutlich einer der letzten richtig warmen Tage im Jahr. Das Prinzenbad ist knackevoll, als ich lange nach Mittag dort aufkreuze. Klar. Heute ist Sonntag.

Obwohl ich gestern für meine Verhältnisse früh ins Bett gegangen bin, habe ich bis elf durchgeschlafen. Vielleicht, weil mich meine Träume einfach nicht loslassen wollten. Ich habe sehr wild geträumt: von Schuberts Söhnen, die in der Beluga-Bar am Tresen saßen und mich vorwurfsvoll anstarrten, aber nur, wenn ich wegschaute. Jedesmal, wenn ich ihnen ins Gesicht sehen wollte, wandten sie den Blick ab. So ging das ewig, und zwischendrin kam immer wieder Miguel auf mich zu und sagte: „Hab keinen gesehen. Len, tut mir leid, hab keinen gesehen."

Echt gemein, dieser Traum. Vielleicht sind Träume, in denen sich alles ständig wiederholt, die gemeinsten von allen. Sie hören einfach nicht auf. Wie 'ne Endlosschleife mitten im eigenen Leben.

Ich hab eine ganze Weile gebraucht, bis ich mich davon erholt hatte. Dann hab ich ziemlich lange auf der Fensterbank gesessen, Kaffee getrunken und in meinem Hinterhof gestarrt, wo nicht viel zu sehen ist außer ein paar dreckige Mülltonnen, schiefe Steinplatten mit Grasresten dazwischen und ein rostiges, kaputtes Kinderfahrrad, das auch schon seit Monaten da rumliegt. Obwohl der Anblick nicht gerade fesselnd ist, konnte ich mich trotzdem nicht richtig aufraffen. Als ich es dann doch tat, war es schon fast halb zwei. Ich hoffe nur, daß Markus noch da ist.

Als ich das Drehkreuz passiere, lande ich mitten in einer Gruppe von Bikern. Es sind Jungs aus dem Prinzknecht oder dem Knast, Motzstraßenkiez jedenfalls. Wundert mich, was die hier nach Kreuzberg verschlägt. Vielleicht 'n Ausflug mit ihren Böcken.

Sie stehen locker da, halten ihre Tattoos in die Sonne und quarzen. Einer rubbelt sich noch die Haare trocken, ein anderer ölt seinen massigen Brustkorb ein. Der, der sich gerade die Haare rubbelt, hat mir im Tiergarten mal einen geblasen. Keine Ahnung, ob er sich dran erinnert. Er sieht mich nicht an. Die anderen schon.

Sonst genieße ich das oft, angepeilt zu werden, 'nen Coolen zu schieben – die ganze Tour halt. Aber heute ist mir das Glotzen unangenehm. Ich schieb mich links am Rubbler vorbei, als einer von ihnen, ein Herkules mit einem Ring durch die Nase, mich schräg von der Seite anquatscht.

„He. Du bist doch Lenny. Die heißeste Nummer *in town*. Oder nicht?"

Er hat leise gesprochen, gerade so laut, daß ich es hören kann und die andern Jungs auch. Mir bleibt nichts anderes übrig, ich muß stehenbleiben und reagieren, obwohl ich nicht die geringste Lust dazu habe.

„Wer sagt das?" gebe ich zurück.

Der Kerl, der mich angesprochen hat, spuckt aus. Natürlich spuckt er nicht wirklich, sondern er tut nur so, aber eigentlich reicht das schon. Nur, ich hab keine Lust. Keine Lust auf den Scheiß.

Er starrt mich unter seiner breiten Stirn hervor an. Die anderen Jungs glotzen genauso. Ausgenommen der Rubbler. Der sieht zur Seite.

„Die heißeste Nummer *in town*", wiederholt der mit dem Ring durch die Nase. Und dann verzieht er angeekelt den Mund.

Jetzt fällt es mir ein. Das hab ich schon mal gehört. In einem weitaus netteren Tonfall, aber trotzdem. Tom. In der Beluga-Bar. Vorgestern nacht. Oder war es die Nacht davor?

Ich weiß immer noch nicht, worauf Herkules eigentlich hinaus will. Er starrt mich an, und ich starre zurück.

„Und? Was dagegen?" frage ich.

Wieder spuckt er aus. „Nö", antwortet er. „Aber daß du unseren Nachwuchs verdirbst, dagegen hab ich was."

Toms Begleitung. Der junge Kerl, den ich mitgenommen hab. Sein geprügelter Blick. So läuft der Hase. Der kleine Bruder hat sich beim großen beschwert.

„Dann sieh zu, daß du deinen Nachwuchs nächstens besser im Auge behältst, Meister", sage ich und setze mich wieder in Bewegung. Für mich ist die Sache erledigt, für ihn allerdings nicht. Das weiß ich auch, und normalerweise würde ich die Angelegenheit jetzt auch zu Ende bringen, aber ich will einfach nicht. Ich will diese ganze dämliche Scheiße nicht mehr.

„He!" ruft er mir nach, aber ich gehe weiter. Ich weiß, daß er mir nicht nachsteigen wird. Und er tut es auch nicht.

Ich hoffe, daß Markus überhaupt noch da ist. Wir liegen meistens auf der hinteren Wiese, in der Nähe vom Kinderspielplatz. Markus kann die Fleischbeschau neben dem vorderen Becken genauso wenig ab wie ich auch. Wir ziehen die Families vor. Die gucken zwar auch, aber lange nicht so bescheuert.

Trotzdem gehe ich einmal ums vordere Becken, nur mal zum Gucken. Klar hab ich meinen Kerl im Hinterkopf, sicher. Aber wenn er tatsächlich hier läge – ich weiß nicht.

Ich peile vorsichtig rüber. Ein gebräunter Body neben dem andern, lauter gaffende Typen, die sich in der Sonne räkeln, obwohl es so heiß gar nicht ist. Ich sehe ein gutes Dutzend tiefe Blicke und mindestens drei halbe Ständer, nur knapp in der Badebuxe versteckt. Die drei großen, flachen Stufen vor dem ersten Becken im Prinzenbad sind im Sommer der größte Homo-Fleischmarkt in ganz Berlin.

Ich nehm die Parade ab und bin irgendwie tatsächlich ziemlich erleichtert, ein gewisses Gesicht nicht zu entdecken. Einige kenn ich vom Sehen, das schon, selbst Berlin ist ein Dorf. Im Dorf trifft man die Leute. Früher oder später trifft man sie wieder. Ich hoffe nur, daß das wirklich so stimmt. Jedenfalls, was gewisse Kerle angeht.

Im Nichtschwimmerbecken ist der Bär los. Zwischen den johlenden, wasserspritzenden Kids hocken ein paar Bischen und spielen Ball. Sie haben mächtig viel Spaß dabei, und der Krach, den sie dabei machen, ist mindestens genauso ohrenbetäubend wie der, den die Kiddies veranstalten. Während ich am Becken entlangstiefele – soweit das mit bloßen Füßen überhaupt geht –, denke ich wieder mal über die Unterschiede zwischen Bischen und Brüdern nach. Man sollte meinen, daß wir mehr Gemeinsamkeiten hätten, aber so ist es weiß Gott nicht. Die meisten Brüder denken zuerst an sich, dann ans Ficken und irgendwann eventuell mal an die Freunde. Bischen sind anscheinend sozialer. Kann man schon beim Freizeitvergnügen sehen: Die Jungs brutzeln in der Sonne und peilen wie wild, eventuell schwimmen sie noch flott ihre Bahnen, um Eindruck zu schinden. Bischen hingegen spielen zusammen.

Aber vielleicht ist das auch alles nur Quatsch, was ich da denke. Und selbst wenn nicht – ich bin ja wohl der allerletzte, der in dieser Hinsicht irgendwie für Veränderung sorgt.

Am Duschbecken spritzt mich so 'n kleiner Fatzke an, und ich mache einen müden Hopser in seine Richtung, daß er davonzischt wie 'ne Rakete in Badehose. Dann halte ich nach Markus Ausschau.

An unserem Stammplatz liegt er nicht, da hat sich 'ne ganze Müttergruppe samt Gören ausgebreitet. Auch in der Nähe kann ich Markus nicht entdecken, die halbnackten Leiber sehen alle so gleich aus. Als ich die Liegewiese ablatsche, wird es nicht besser. Markus sucht sich zwar meist ein ruhigeres Plätzchen, soweit das geht. Aber heute geht das definitiv nicht. Es sei denn ganz hinten, bei den Tischtennisplatten. Überall liegen die Leute, zwar nicht gerade dicht gedrängt, aber trotzdem.

Plötzlich, ich schieb gerade an 'nem Baum vorbei, packt mich 'ne Hand am Knöchel.

„He, Alter", sagt Jop. „Wirste noch blind auf deine alten Tage?"

Er hat 'ne ausgeleierte Shorts an und sein 49ers-Käppi auf, und er liegt direkt auf der anderen Seite vom Baum. Und neben ihm Markus.

„Ich dachte schon fast, du kommst gar nicht mehr." Markus blinzelt zu mir auf und hält die Hand zum Schutz gegen die Sonne über die Augen. Er rückt ein Stück nach rechts, um mir Platz zu machen.

„Na ja, jetzt bin ich ja da", sage ich. Irgendwie zögere ich, mich hinzusetzen, aber dann tu ich es natürlich doch. Es paßt mir nicht, daß Jop mit von der Partie ist. Ich hab einfach nicht mit ihm gerechnet. Schätze, ich hab gehofft, Markus allein anzutreffen.

Keinem von beiden ist mein Zögern entgangen.

„Ich hab Jop gestern noch getroffen, nachdem du weg warst", sagt Markus und nimmt mich voll ins Visier. „Ich hab ihm erzählt, daß wir heut noch mal schwimmen gehn. Letzter heißer Sonntag im Jahr laut Kachelmann."

„Wer soll 'n das sein?"

„Na, die Wetterfee aus 'm Ersten."

„Hm." Ich setze mich hin und streife mir mein Shirt über den Kopf. Die Jeans lasse ich an. So heiß find ich es nun wirklich nicht.

„Schöne Grüße von Anton noch."

„Besten Dank", brumme ich und stütze mich auf den Ellbogen auf. Ich sehe Markus nicht an.

„Hoffe, es stört dich nicht, daß ich dabei bin", sagt Jop, und plötzlich schäme ich mich ein bißchen.

„Nee, nee. Is schon in Ordnung." Endlich werfe ich einen Blick zu Markus rüber. Er lächelt mich an, und ich lächele schließlich zurück. „Klar, ist völlig in Ordnung. Habt ihr was zu trinken dabei?"

Jop reicht mir 'ne Flasche Mineralwasser, die wundersamerweise kalt ist und nur so sprudelt, als ich sie an die Lippen setze. Meine Laune steigt sofort um ein paar Grad.

Wir liegen schweigend da und lassen die Sonne auf uns runterscheinen. Markus hat die Augen geschlossen und döst vor sich hin. Jop liegt mit dem Gesicht zu mir. Unter halbgeschlossenen Lidern hervor sieht er zu, wie ich die Jeans dann doch runterziehe und meine alte, verblichene Badehose zum Vorschein kommt. Ich spüre, daß er mir wieder mal auf den Beutel glotzt. Er sieht mürrisch aus dabei. Heute ist eindeutig nicht sein bester Tag.

„Was biste denn plötzlich so abgehaun gestern?" fragt er plötzlich.

„Woher weißt du denn, wie oder wann ich die Biege gemacht hab?"

Wir sehen uns in die Augen. Jeder von uns hat etwas zu verbergen. Nur, daß ich mehr weiß von Jop als er von mir, und das ahnt er auch. Deshalb ist er so sauer.

Wir sehen uns an, dann zuckt er mit den Schultern, legt sich flach auf den Rücken und starrt in den Himmel.

Ich wälze mich auf die Seite, weg von Jop und auch von Markus, der die Augen immer noch geschlossen hat und zu schlafen scheint.

Ich mag das Prinzenbad. Es war einer der ersten Orte, die ich in Berlin für mich ganz allein entdeckt hab, als ich gerade hergezogen war. Das erste Jahr über oder so war ich ziemlich allein. Studieren, hier 'n Job, da 'n Job. Ich kannte keinen, nur meine Kommilitonen, und von denen hielt ich mich fern. Ich war sowieso anders als die, und wie man sich absondert, bevor man abgesondert wird, hab ich schließlich schon früh gelernt.

Das Prinzenbad war für mich wie 'ne Offenbarung. An die Seen wollte ich nicht, da kriegte ich Beklemmungen. Jeder, den ich kannte, fuhr raus an den Teufelssee oder den Flughafensee, nachmittags oder am Wochenende. Das war für mich Streß. Eines Tages bin ich zufällig am Prinzenbad vorbeigekommen und reingegangen, und als ich zwischen den kreischenden Türkenkids durchlatschte und sah, wer da so rumlag, war ich richtig glücklich.

Das Prinzenbad war damals noch ausschließlich was für die Leute, die auf der Leiter ganz unten hocken und nie, niemals höherklettern werden. Die Armen lagen hier rum, die Sozialhilfeempfänger, die kinderreichen Familien. Die, die zuwenig Geld hatten, um in Urlaub zu fahren. Die Häßlichen, die sich nur im Kiez auf die Straße trauen. Die mit den Klumpfüßen und die mit dem krankhaften Übergewicht. Die, die überall unangenehm auffallen; nur da nicht, wo sie Zuhause sind. Und genau da gehörte auch ich hin.

Seit der Fleischmarkt im Prinzenbad zugenommen hat und die ganzen Esos und Ökos nicht nur die Häuser, sondern auch die Freizeiteinrichtungen in nächster Nähe in Beschlag nehmen, ist das Prinzenbad nicht mehr das, was es mal war. Aber ich geh immer noch gerne hin. Allein. Oder oft auch mit Markus. Wir liegen nur da und reden nicht viel. Ab und zu gehen wir schwimmen. Aber meistens liegen wir lange Zeit da und reden nicht viel.

Wie heute auch. Nur, daß Jop mit von der Partie ist. Jop, dessen schlechte Laune ihn wie 'ne Wolke einhüllt.

„He", sagt er jetzt leise in meinem Rücken.

„Was denn?"

„Was is 'n los mit dir? Haste Muffensausen wegen der Schnippelei da morgen?"

Ich red selber oft ziemlich grob, aber jetzt gerade kann ich Jops Ausdrucksweise nicht ab.

„Operation", sage ich. „Nicht Schnippelei. Gehört schon 'n bißchen mehr dazu, weißte."

„Jaja, Herr Doktor. Verstehe. Ich vergaß. Herr Doktor haben ja so fleißig und viele Jahre studiert. Ganz wunderbar."

Ich hab schon begriffen, daß Jop irgendwelche Probleme hat. Trotzdem kann ich heute auf seine blöden Sprüche gerne verzichten.

„Ja, genau, hab ich auch. Und wenn dir das nicht paßt, dann halt einfach die Fresse."

„Ej, Lennart, du Arsch", sagt Jop und setzt sich aufrecht hin. Er zittert vor Wut. Sein Brustkorb bebt, und seine Augen funkeln böse.

Ich richte mich ebenfalls auf. „Ich bin kein Arsch. Ich hab nur keine Lust, mich von dir blöd anmachen zu lassen, kapiert? Wenn du deine Sachen nicht gebacken kriegst, ist das nicht mein Ding."

Wir reden leise, aber offensichtlich doch laut genug, um Markus aus seinem Dämmerzustand zu reißen. Ich sehe, daß er anfängt mit den Augen zu blinzeln.

„Ich *krieg* meine Sachen gebacken, du eingebildetes Arschloch", zischt Jop. „Du bist doch bloß verdammt eingebildet auf deinen dämlichen Job. Der Super-Herzspezialist!"

Bin ich nicht, und Jop weiß das ziemlich genau. Mein Beruf paßt nicht zu mir. Kein Stück. Nicht, daß irgendwas anderes unbedingt besser zu mir passen würde. Aber Arzt, und dann auch noch Herzchirurg, das ist selbst in meinen Augen völlig absurd.

Und doch ist meine Arbeit ein Teil von mir. Ein Teil, den ich, so gut es geht, verborgen halte. Ich rede kaum je darüber. Die meisten Leute wissen noch nicht mal, was ich eigentlich mache. Und ganz bestimmt hänge ich nicht den eingebildeten Doktor raus.

Aber darum geht es jetzt gar nicht.

Markus schlägt die Augen auf und guckt verständnislos auf Jops steifen Rücken. Und dann sagt Jop etwas, was er besser nicht sagen sollte.

„Scheiße!" sagt Jop. „Und wie eingebildet du bist, Lenny, du Arschloch! Kommst dir sonstwie toll vor, weil du jetzt ein'n auf King Doktor machst und ab und an diesem Kleinen da übern Kopp streichelst, schlechtes Gewissen beruhigen und so. Du bist kotzeingebildet, Alter! Nur, weil du selbst so ein beschissenes Heimkind warst!"

Jop hält die Luft an und glotzt mich an. Seine Fäuste sind über dem Bund seiner Shorts geballt. Seine Bauchmuskeln zittern.

Ich werfe einen Blick zu Markus. Er starrt Jop an, und während ich hinsehe, verengen sich seine Pupillen.

Ganz langsam stehe ich auf und gehe davon.

Ein einziges Mal hab ich Jop gegenüber den Kleinen erwähnt, was ich zutiefst bereue. Ich hatte nur erzählt, daß es da so einen kleinen Jungen auf der Station gibt, für den es nicht gerade gut aussieht, und daß ich ab und zu bei ihm reinsehe.

„Was denn, hat der denn keine Familie?" hat Jop gefragt, und ich hab mit den Achseln gezuckt.

„Nee, is 'n Heimkind", hab ich gesagt, und Jop hat wissend genickt und geschwiegen. Trotzdem hätte ich mich da schon in den Arsch beißen können, daß mir das so rausgerutscht ist. Jop ist beileibe kein Scheißkerl, und ich mag ihn echt gerne, aber ich traue ihm nicht über den Weg. Ich meine, manche Sachen braucht er besser nicht zu wissen, wie man sieht.

Während ich langsam über die Wiese gehe, spüre ich Jops stechenden und Markus' fragenden Blick in meinem Rücken. Ich hoffe nur, daß Markus schlau genug ist, mir jetzt nicht hinterherzukommen.

Meine Mutter lebt schon lange nicht mehr. Sie hat mich ziemlich jung gekriegt und sofort ins Heim gegeben, und ich hab sie nicht ein einziges Mal in meinem Leben gesehen. Alles, was ich von ihr hab, ist mein Name.

Mein Vater? Keine Ahnung. Nicht die geringste.

Klar hätte ich mir lieber was anderes gewünscht als das, was ich hatte. Die ersten Jahre waren ja okay. Da war ich in der Nähe von Hamburg in so 'nem Heim für ganz Kleine, und das war ziemlich nett da. Aber dann – ich hab mich nicht drum gerissen, in die Klitsche gesteckt zu werden, wo ich dann bleiben mußte, bis ich alt genug war, um abzuhauen. Ich hab den Direktor gehaßt, Tatsache. Die meisten Erzieher waren völlig bescheuert, und die wenigen Nonnen, die da ansonsten noch rumscharwenzelten ... Ich weiß ja nicht. Und diese spießige Kleinstadt drumrum konnte keiner von uns ausstehen. Wie auch, wenn die Leute uns ständig blöd anguckten.

Ich hatte einfach Pech, nichts weiter. Heutzutage wohnen die Kids in Gruppen, teilweise mit eigenen Zimmern, und Nonnen sehen sie meistens nur in der Kirche, wo sie auch nicht mehr so hingeprügelt werden wie wir seinerzeit. Ich glaube ja übrigens, daß der Katholizismus hauptsächlich Schuld ist am Schlechten im Menschen. Oder zumindest trägt er dazu bei, daß es ausbricht.

Klar, immerhin konnte ich mein Abi machen, das ist schon mehr, als für die allermeisten anderen Heimkids in Frage kommt. Aber das war's dann auch schon.

Lukas wird jedenfalls kein Abi machen. Er wird weiter da in diesem modern eingerichteten Zimmer rumliegen und den Schwestern dabei zugucken, wie sie ein neues König-der-Löwen-Poster aufhängen, obwohl er da nun echt schon zu alt für ist. Ab und zu wird sein Vormund reingucken und vielleicht sogar auch mal der Krankenhauspastor, oder – kotz! – 'ne Krankenhauspsychologin, wer weiß.

Die Kliniklehrerin kommt schon lange nicht mehr, lohnt sich wohl nicht. Die Leute vom Heim gucken höchstens noch einmal im Monat vorbei. Lukas ist einfach schon zu lange weg. Und er kommt auch nicht wieder zurück. Was soll man sich da noch groß kümmern?

Manchmal komm eben ich.

Ich pflüge quer durch das Duschbecken, daß das Kielwasser nur so spritzt, und gehe am Nichtschwimmerbecken vorbei. Die Bischen hocken immer noch drin und spielen Wasserball. Plötzlich hab ich Lust, zu ihnen rüberzugehen und mitzuspielen. Aber natürlich tu ich das nicht.

Ich geh zum hinteren Becken, da, wo die ernsthaften Schwimmer und die Oberangeber ihre Bahnen ziehen. Dafür, daß das Prinzenbad so voll ist, liegt das Schwimmbecken ziemlich leer da. Zwei oder drei Bahnen sind sogar frei, und ich suche mir eine aus, hole tief Luft und springe. Während ich durch Luft fliege, zischt der Wind um meine Wangen. Sie sind naß, bevor ich die Oberfläche des Wassers berühre.

Ich bin so viele Bahnen geschwommen, daß ich irgendwann aufgehört habe, sie zu zählen, und der ganze Scheiß ist raus aus meinem Kopf. Die letzten Bahnen hab ich einfach an gar nichts mehr gedacht, nicht an den Kleinen, den Kerl, an Jop oder an früher. Noch nicht mal an Schubert. Das mag ich am Schwimmen: Irgendwann ist man einfach nur leer. Ich frage mich manchmal, ob die Fische sich immer so fühlen – einfach nur Körper, ein bißchen Gefühl, aber keine Gedanken.

Als ich am Ende des Beckens zwischen 'ner Gruppe kichernder Mädchen hindurchwate und mich aus dem Wasser ziehe, entdecke ich Markus, der überm Geländer lehnt und mich beobachtet, mein Handtuch über der Schulter. Ein kleines Grinsen ist in seinem Gesicht, und ich kenne ihn gut genug, um zu wissen, daß er unsicher ist. Nur ein wenig, aber er ist es. Mir nachzugehen ist immer riskant.

„He", sagt er, als ich zu ihm hingehe. „Wie sieht's aus, Kumpel?"

Ich zucke mit den Achseln. Das Wasser tropft um mich rum auf den Boden, und Markus zuckt zusammen, als ihn einige Spritzer treffen. Er war nicht im Wasser, seine Badebuxe ist knochentrocken.

„Stehst du schon länger da?"

„Nö, nur eine Minute. Ich weiß doch, wie lange du brauchst, um runterzukommen." Er sieht mich forschend an, und als ich ihm das Handtuch von der Schulter ziehe und mich abzutrocknen beginne, lächelt er in sich hinein. Seine Unsicherheit ist verschwunden.

„Nimm's ihm nicht übel", sagt er. „Hab dir doch neulich schon gesagt, daß er irgendwie komisch ist. Das hab ich gemeint."

Ich nicke. „Ist er noch da?"

„Klar. Meinst du, Jop verpißt sich so einfach?"

Nebeneinanderher gehen wir zurück. Ich bin froh, ihn an meiner Seite zu spüren. Manchmal reicht mir das schon. Markus hat einfach 'ne beruhigende Wirkung auf mich. Tröstlich, könnte ich auch dazu sagen. Aber das laß ich mal besser.

Die Bischen hocken nicht mehr im Nichtschwimmerbecken. Überhaupt ist es irgendwie leerer geworden. Auf der Uhr vor den Umkleidekabinen ist es viertel vor fünf. Ich bin über eine Stunde geschwommen.

Jop sitzt gegen den Baum gelehnt da und raucht eine. Schon von weitem kann ich an den schnell hintereinander aufsteigenden Rauchschwaden erkennen, daß er nervös ist. Oder aggressiv. Bei Jop läßt sich das oft nicht so genau unterscheiden.

„Ich muß mal pissen", sagt Markus und dreht ab in Richtung Toiletten. Ich gehe weiter.

Als ich kurz vor ihm bin, sieht Jop auf. Sein Blick ist steinern. Er drückt die Kippe neben sich im Gras aus und wirft sie weg.

„Solltest du nicht machen, Jop. Denk an die Kids."

„Was soll ich nicht machen?" Sofort ist er wieder in Angriffslaune.

„Die Kleinkinder. Die stecken alles in 'n Mund, was so rumliegt, wenn sie hier rumkrabbeln. 'ne Kippe ist da nicht so das Wahre." Ich will ihn nicht triezen, aber das meine ich ernst. Jede Liegewiese in der Stadt ist zugeschissen und mit Müll vollgeschmissen. Wenigstens die Badeanstalten sollten da 'ne Ausnahme machen.

„Mann, bald kriegste aber wirklich 'n Orden", sagt Jop. „Der heilige Kinderfreund Lennart Wegener." Aber er langt rüber, sammelt die Kippe ein und legt sie in den zerknüllten Pappbecher vor sich.

Ich zieh mir 'nen trockenen Slip an und meine Jeans, und dann setz ich mich Jop gegenüber. Er hat schon wieder diesen komischen Blick drauf.

„Frieden?" fragt er.

„Klar. Alles paletti. Aber ich sag dir eins: Scheiß mich nicht noch mal so an."

„Okay, okay." Er ist nicht so richtig bei der Sache. Und ich kann mir schon denken, was mal wieder in seinem Dickschädel vorgeht.

„He, du, Lennart", sagt er und beugt sich vor. Seine Augen glitzern im Sonnenlicht. „Wie isses … Zur Versöhnung, was meinst du?"

„Du hast ja wohl den Arsch offen, Jop." Ich kann es nicht fassen, aber überrascht bin ich trotzdem nicht. „Hat dein kleiner Türke dich gestern deine Ladung nicht abschießen lassen, oder was?"

Jop starrt mich an. Er erkennt, daß ich tatsächlich Bescheid weiß. Fast wird er wieder sauer, aber dann entscheidet er sich dagegen.

„Komm, Len", sagt er schleppend. „Komm schon. Laß uns zum Klo gehen."

Jop ist nie zufrieden. Ich glaube, er kann ficken, soviel er will, er ist niemals zufrieden. In ihm ist eine derart schwelende Aggression, daß er gar nicht zufrieden sein kann. Aber ich glaube nicht, daß er das weiß. Ich glaube, Jop hält sich für einen friedlichen Typen, der einfach gelegentlich zur Launenhaftigkeit neigt.

„Mann, Jop!" sagt Markus, der plötzlich neben uns steht. „Kannst du nicht einmal, ein einziges Mal, aufhören, ans Pimpern zu denken? Hast du nichts als Klöten in der Birne oder wie?"

„Kann sein", murmelt Jop achselzuckend und sieht auf einmal sehr traurig aus.

„Komm schon", sagte ich. „Komm schon, dreh dich um."

Er lag flach auf dem Bett ausgestreckt, und jeder Muskel seines durchtrainierten Körpers bebte vor Anspannung und Erschöpfung. Als er sich aufrichtete und gegen mich sinken ließ, legte ich meine Arme fest um seinen Brustkorb. Ich spürte sein Herz unter meiner Hand schlagen. Jemand anders hätte vielleicht geglaubt, daß er schlaff dalag, aber so war es nicht. Er war einfach weich. Für ein paar Atemzüge lang lag er weich in meinen Armen, und dann kehrte die Spannung in seinen Körper zurück. Er wich zurück und setzte sich aufrecht hin.

„Ich bin noch nicht fertig mit dir", sagte er leise, und seine hellgrauen Augen musterten mich.

„Ich auch nicht mit dir."

Er lächelte, nur ganz kurz, genauso wie ich.

Wir waren patt: Er hatte mich gefickt und ich ihn. Ich hatte mich seinen Fesseln entwunden und seine Schläge pariert, und er trug die Striemen meiner härteren Gangart auf Brust und Bauch. Es war wie ein Ringkampf, den keiner gewann. Oder beide, aber immer nur für Augenblicke. Vielleicht war es viel eher ein Tanz.

„So, mein Kleiner", sagte er. „Und jetzt stellst du dich da drüben an die Wand. Und siehst mich an."

„Tu ich das?"

„Und ob du das tust."

Seine Augen dirigierten mich bis zu der Stelle, an der er mich haben wollte. Ich sah seinen Blick an mir hinuntergleiten, über meine Brust, die Lenden, meinen schwer herabhängenden Schwanz, meine Schenkel, bis zu den Füßen und wieder hinauf.

Er sah mich sehr lange so an, und mit jeder Sekunde, die verstrich, wurde mein Bolzen steifer und dicker, bis er waagerecht in der Luft hing. Die Eichel zeigte genau auf den Kerl mir gegenüber.

„Okay", sagte er leise und kam zu mir rüber. Sein Schwanz stieß leicht gegen meinen Oberschenkel, als er sich dicht vor mich stellte.

Ich hatte noch seinen Geschmack im Mund. Ich hätte ihn abspritzen lassen, aber er ließ es nicht zu. Satt dessen hatte er mir die Ladung voll auf die Kehle geschossen.

„Bist du dir sicher?" fragte er dicht an meinem Ohr. Sein Atem ging schnell.

Ich antwortete nicht. Langsam öffnete ich die Hand zwischen seiner und meiner Brust. Er sah schweigend auf die lange, lederne Fessel darin, dann nahm er sie aus meiner Hand und fing an, uns zusammenzubinden.

„Okay", sagte er schließlich. Meine Eier quetschten sich an seinen Sack, und mein Schwanz drückte fest gegen seinen. Ich wußte nicht, zu welchem Schaft das Pochen gehörte, das ich bis in den Magen hoch spürte. Es gab nur wenig Spielraum, aber der würde reichen.

„Okay", sagte er noch mal, und ein Schweißtropfen lief seine Schläfe herunter. „Ich mit dir, und du mit mir."

Und dann bewegte er sich.

Der Thai-Imbiss wird von Indern betrieben und ist nicht weit vom Prinzenbad entfernt, zu Fuß 'ne Viertelstunde, mit dem Auto fünf Minuten. Kurz nach sieben ist 'ne gute Zeit. Später wird es voll, und weil das Weizenbier so billig und das Essen auch und dazu nicht schlecht ist, hängen die Leute stundenlang an ihren Tischen rum. Drinnen ist es stickig und völlig verqualmt, aber die Leute reißen sich trotzdem um jedes freie Plätzchen.

Aber jetzt ist es noch so früh, daß wir sogar draußen freie Wahl haben. Während Markus und Jop noch über den fleckigen Speisekarten grübeln, geh ich rein und bestelle. Ich weiß sowieso, was ich will.

Ich mag die quäkigen Stimmen der indischen Köchinnen, die gelangweilt die Nummern der Gerichte durch den Laden tröten.

„Numba ßähn, bidde. Finfun'dreißich. Salaat Numba neun a!"

Durch die großen Fenster kann ich sehen, wie Jop und Markus sich über den Karten beraten. Dann dreht Markus sich nach mir um, sucht meinen Blick und hält erst drei Finger in die Höhe, dann elf und schließlich noch einmal zwölf. Die letzte Zahl muß er wiederholen, weil ich sie nicht gleich erkannt hab, und Markus und ich müssen beide grinsen. Jop lächelt auch, ohne genau zu wissen, was los ist. Schon wieder tut er mir irgendwie leid, und ich beschließe, für den Rest des Tages besonders nett zu ihm zu sein.

Als ich drei Weizenbier auf den Tisch stelle, guckt Jop erstaunt hoch.

„Hatte ich doch gar nicht bestellt, Len, sorry, aber …"

„Geschenk vom Doktor", sage ich, und Markus grinst sich schon wieder eins.

Wir stoßen an, und dann legt sich eine friedliche Stimmung über unseren Tisch. Es ist warm, wir sind sauber und hungrig, und gleich gibt es zu essen. Wenn ich nicht weiterdenke, geht es mir fast gut.

Dann tritt der indische Besitzer, der immer hinter der Kasse steht, in die Tür und sieht sich um.

„Numba ßähn? Suppe drei a, bidde. Un' die elf!"

Ich springe auf und geh rein, und als ich die zweite Partie holen will, steht auch Nummer zwölf auf dem Tresen.

„Guck mal", sagt Markus irgendwann, als wir fast fertig sind mit unserm Essen, und deutet mit dem Kinn nach rechts.

Drei Tische weiter sitzt ein Bruder mit 'nem Basecap und guckt zu uns rüber. Genauer gesagt, zu mir. Als ich eine Braue hebe, senkt er schnell den Blick auf seinen Teller. Salat Nummer 9a, seh ich von hier aus.

„Guck mal an", sagt Jop. „Der Herr hat mal wieder Schnitte."

„Willste 'n haben, Jopi? Schenk ich dir."

„Ach", Jop guckt den Jungen an und dann auf seine Suppe. „Danke, nee."

„Vorhin wolltest du doch noch unbedingt 'n bißchen Vergnügen", stichelt Markus.

Jop schüttelt den Kopf. „Nee, laß mal, hat sich erledigt."

Ich seh ihn mir genau an. „Jop?"

„Was 'n jetzt schon wieder? Kann man hier nicht mal in Ruhe seine Suppe essen?"

„Läuft nicht so, die Sache mit dem Jungen, kann das sein?"

Jop nimmt einen Löffel Suppe und schluckt, vielleicht ein bißchen zu laut. Markus sieht von ihm zu mir und wieder zurück.

„Ich glaub, der verarscht mich", sagt Jop endlich in seine Suppe hinein.

Er wirft mir einen vorsichtigen Blick zu, und ich werfe ein kleines Lächeln zurück. Für einen Moment stehe ich neben mir und sehe uns drei da sitzen, jeder in seine Geschichte verstrickt. Gut sieht es eigentlich bloß für einen von uns aus. Fragt sich nur, wie lange.

„Und was macht ihr noch heut abend?" frage ich, als wir aufgegessen haben und noch ein bißchen in der Sonne sitzen.

„Ich muß gleich los. Ich seh Anton noch", erklärt Markus und zuckt mit den Achseln, als wolle er andeuten, daß das nicht allzuviel zu besagen habe.

„Wo?"

„Bei ihm", sagt Markus, und da weiß ich, daß heute abend auf keinen Fall mehr mit ihm zu rechnen ist. Macht nichts; ich hab ohnehin vor, früh schlafen zu gehen. Ich habe den morgigen Tag seit heute früh so erfolgreich aus meinem Kopf verbannt, daß ich mir tatsächlich fast vorstellen kann, einschlafen zu können. Fast.

„Und du, Lenny", fragt Jop. „Ich mein, ich hab zwar 'n Date nachher, aber jetzt – wie sieht's aus, willst du noch mal zum Hamburger Bahnhof?"

Das ist jetzt Jops endgültiges Friedensangebot. Ich weiß, daß es ihm viel bedeuten würde, wenn ich jetzt ja sage. Aber trotzdem lehne ich ab.

„Danke fürs Angebot, Jop. Aber ich geh nach Hause", antworte ich schließlich. „Und da werd ich auch bleiben."

Beide nicken.

„Verstehe", sagt Markus. „Viel Glück morgen, Lenny. Ich drück dir die Daumen."

Jop ringt sich ein gequältes Lächeln ab. „Ja, viel Glück. Fick die Pfleger."

Sie umarmen mich beide, Markus ganz fest und Jop ein bißchen steif, aber nicht weniger herzlich. Der Junge mit dem Basecap starrt uns an, und ich finde, daß er ein bißchen neidisch aussieht. So schlecht, denke ich, so schlecht geht es uns eigentlich nicht. Schon okay, das alles.

Ich seh zu, wie die beiden in Jops Karre steigen und mir zuwinken, als sie davondonnern. Markus' Hand kann ich noch sehen, als sie um die nächste Ecke biegen.

Dann drehe ich mich um und laufe los.

Einmal, ein einziges Mal hab ich einen Typen auf Station durchgebumst. Einen ziemlich heißen Pfleger, frisch von der Schule. Ich hab ihn am Medizinschrank gebügelt, so heftig, daß er mit der Stirn ständig in die fein säuberlich gestapelten Verbände gedonnert ist. Hinterher mußte er erst mal zehn Minuten lang aufräumen, mit nacktem Arsch, während ich an der Tür Schmiere stand.

Irgendwann in diesen zehn Minuten kam Oberschwester Rena, das Schlachtschiff vom Dienst, vorbeigeschlurft. Ich hab sie kommen sehen, aber ich hab nichts gesagt. Ich bin einfach stehen geblieben, locker an den Türrahmen gelehnt, und hab ihr zugenickt, als sie grüßend vorbeischlurfte.

Der Kleine ist fast gestorben vor Angst, als er Renas Reibeisenstimme hörte. Ich hab gesehen, daß er sich den Schwanz im Reißverschluß eingeklemmt hat, als er fieberhaft versuchte, die Hose hochzuziehen. Aber er hat nicht geschrien, sonst hätte ich ihm hinterher eine scheuern müssen. So durfte er sich seine Buxe gleich wieder runterziehen und weitermachen mit Aufräumen, und ich hab den Anblick seines nackten Arsches noch ein bißchen genossen, seines nackten Arsches, von dessen rechter Backe immer noch mein klebriger Saft rann, langsam und zähflüssig.

Hinterher hat er mich gefragt, warum ich ihn nicht gewarnt habe, aber ich hab ihm nicht drauf geantwortet. Was hätte ich auch sagen sollen? Ich hab einfach gewußt, daß Rena nicht reinkommt, sondern vorbeischlurft. Ich weiß nicht warum, aber ich hab es gewußt.

Der hübsche kleine Pfleger hat sich von da an von mir fern gehalten. Vielleicht war das schade, aber zwei Wochen später ist er ohnehin auf eine andere Station versetzt worden. Das war's dann.

Ich halte es keine zwei Stunden zu Hause aus. Erst sitze ich ein bißchen auf der Fensterbank und sehe in den Hof raus, aber die dreckigen Mülltonnen und das kaputte Fahrrad da draußen machen mich heute nervös. Ich drehe das Radio an und blättere eine Weile im *Spiegel* von letzter Woche, dann klappe ich ihn wieder zu und hole den *Pschyrembel* aus dem Regal, um was nachzugucken. Während ich unter G wie Granulomatose nachsehe, wird mir klar, daß ich mich entweder richtig ablenken muß oder gar nicht. Ich stelle den *Pschyrembel* wieder zurück und starre aufs Bett.

Ich muß an den Kerl denken, dessen Namen ich nicht weiß, und die Erinnerung an seine zitternden Armmuskeln und den unergründlichen Ausdruck in seinem Gesicht vermischt sich mit der Erinnerung an Schubert, der blaß und ängstlich in seinem Krankenhausbett liegt und zu mir aufsieht. Und noch jemand drängt sich in meine Gedanken, obwohl ich an ihn am allerwenigsten denken möchte. Der Kleine. Sein Lachen, das ich vielleicht niemals mehr sehen werde. Wahrscheinlich sogar, wenn nicht ein Wunder geschieht. Der Kleine, der reglos zwischen den Laken liegt, von ein paar Maschinen bewacht.

„Geh endlich“, hat Rena gesagt, als sie mich das letzte Mal an seinem Bett sitzen sah. „Geh endlich, Lennart, und nimm deine drei Tage Urlaub. Das ist wenig genug. Mach schon. Du hast hier genug rumgesessen.“

Das ist drei Tage her. Ich habe ein bißchen rumgemault, aber dann bin ich gegangen. Zu Hause wußte ich allerdings nicht, was ich machen sollte. Nicht, weil ich mich etwa gelangweilt hätte – wie gesagt, ich langweile mich nie, aber weil mir das Leben so anstrengend vorkam und ich so verdammt unruhig war. Und dann kam Markus vorbei, und wir sind losgezogen, und die Dinge haben ihren Lauf genommen.

Aber heute weiß ich, was ich tun werde. Jetzt gerade ist es mir klargeworden. Ich werde nicht hier rumsitzen und warten, bis es endlich Montag früh ist und ich los muß. Ich habe noch etwas zu erledigen. Ich weiß nicht, ob es mir gelingt. Aber versuchen werde ich es.

Die O-Straße ist diesmal nicht halb so belebt wie gestern. Sonntags sind die Türken kaum unterwegs, und die Stimmung ist auf Wochenendausklang geschaltet. Sonntag ist mein Lieblingsausgehtag, was die O-Straße angeht. Da hänge ich gern mal 'n bißchen im Roses herum und dann noch im Bierhimmel, hinten, in der Bar. Aber dazu hab ich nicht oft Gelegenheit. Meistens muß ich Sonntagabends arbeiten. Freiwillig, sozusagen. Ich tausche ziemlich oft mit Kolleginnen und Kollegen, die Familie haben. Die lieben den Sonntagabend zu Hause nun mal. Wochenenden sind denen heilig. Ich kann drauf verzichten.

Ich gehe mit schnellen Schritten die Straße hoch. Es ist ein bißchen, als ob ich Kraft tanken würde, für das, was jetzt noch kommt. Die vertraute Straße, der Kiez sind wie 'ne Rückendeckung für mich; ich genieße den Schutz noch ein bißchen, bevor ich rausgeh ins feindliche Feld.

Na ja, feindlich ist es bestimmt nicht. Noch nicht mal fremd. Aber ich gehöre da einfach nicht richtig hin.

Am Heinrichplatz haut mich 'n ausgemergelter Junkie um Kohle an und spuckt mir nach, als ich nichts gebe. Eine Punkbraut, die ein Stück weiter rumhängt, lacht gickernd auf. Wenn ich einem von beiden eine scheuern müßte, dann ihr. Sie sieht meinen Blick und ist still, und ich trabe weiter.

Es ist neun, viel zu früh für das, was ich vorhabe. Keine Sau ist um neun unterwegs. Andererseits ist es Sonntagabend. Sonntagabend ziehen die Leute zeitiger auf die Piste. Sonst lohnt es sich nicht. Also, was soll's.

Ich schieb mich gerade an 'ner Horde gaffender Touris vorm Franken vorbei, als die Tür aufgeht und Malte rauskommt, einen angejahrten Schlipsträger im Schlepptau. Malte sieht gutgelaunt aus und redet lachend auf den Typ hinter ihm ein. Einen Moment lang spiele ich mit dem Gedanken, mich zu verdrücken, aber da dreht Malte sich wieder nach vorne und entdeckt mich.

„Lennart!“ Er kommt freudestrahlend auf mich zu. „He, schön, dich zu sehen, alter Junge! Darf ich vorstellen? Werner Brunnen, ein befreundeter Anästhesist aus Wismar. Wir haben uns auf einem Kongreß kennengelernt. Lennart Wegener, mein Lieblingskollege.“

Auf den ersten Blick ist mir klar, daß Brunnen nicht nur Anästhesist ist, sondern 'n warmer Bruder dazu. Typ intellektuelle Klemmschwester.

Brunnen mustert mich und ich ihn, und dann reichen wir uns zögernd die Hand. Brunnen wirft schnell einen vorsichtigen Blick zu Malte, der mich immer noch anstrahlt.

„Mensch, Lennart, das ist ja witzig. So ein Zufall! Brunnen und ich waren eben essen da hinten in so einem ganz feinen Restaurant, war wirklich prima. Und jetzt wollen wir uns mal die Szene so ansehen.“ Er legt Brunnen die Hand auf die Schulter und drückt leicht zu, und Brunnen zuckt unmerklich zusammen.

Er sieht aus, als fühle er sich ertappt. Es stimmt ja auch. Ich hab seine Absichten sofort durchschaut. Und ich wette im Gegenzug, daß Malte nicht den blassesten Schimmer davon hat.

Was die warme Bruderschaft angeht, ist Malte mit Blindheit geschlagen. Wir haben nie richtig darüber gesprochen, aber ich bin mir ziemlich sicher, daß er nicht weiß, daß ich schwul bin. Und von Brunnen weiß er's erst recht nicht.

Das kommt davon, wenn man so wenig von sich erzählt, wie ich das tue. Aber mir soll es recht sein. Hauptsache, Malte und ich kommen klar.

Brunnen sieht mich nachdenklich an. „Sie sind auch Anästhesist?"

„Nein. Chirurg."

Malte kann es wieder nicht lassen. „Er ist Herzchirurg, und ein ganz hervorragender. Lennart wird morgen früh seine erste eigene OP durchführen."

Brunnen betrachtet mich anerkennend. Dann sieht er zu Malte, und im selben Moment geht mir auf, daß Brunnen jetzt erst die Lage kapiert. Erst jetzt, jetzt, wo er mich zum Vergleich vor sich stehen hat: Malte ist freundlich und total attraktiv, aber so hetero wie nur sonst was. Keine Chance für Brunnen.

Innerhalb einiger Sekunden flackert eine Kaskade von Gefühlen über Brunnens Gesicht. Erkenntnis, Enttäuschung, Resignation, und dann schwenkt seine Aufmerksamkeit um. Auf mich.

Ich wende mich zum Gehen, aber Malte hält mich an der Schulter fest. „Wie ist es? Du wirst doch Zeit auf ein Getränk haben, oder nicht?" Er sieht auf seine Uhr. „Es ist halb zehn. Ein Glas Wein wirst du nicht ablehnen, oder?"

„Ich trinke keinen Wein."

„Dann eben ein Bier. He, Lennart, nun komm schon."

Ich weiß nicht, warum, aber ich willige ein.

Malte kennt sich nicht aus in Kreuzberg, Brunnen sowieso nicht, und deshalb schlage ich den Bierhimmel vor. Die Bar hinten ist noch zu. Wir pflanzen uns an den Tresen, wo nur zwei oder drei Gestalten sitzen. Stoßzeit ist lange noch nicht.

Malte bestellt Wein für Brunnen und sich und ein Bier für mich, und als wir anstoßen, hebt er sein Glas.

„Auf Lennarts erste OP. Wieso bist du eigentlich unterwegs am Abend davor?" Er sieht wieder auf seine Uhr und gibt sich selbst die Antwort. „Erst kurz vor halb zehn, na ja, geht noch. Bist du nervös?"

Vor Brunnen will ich nicht darüber reden, wie es mir geht. Er glotzt mir zu viel. Verstohlen zwar, aber ich bin ja nicht blöd.

„Is schon okay", sage ich und trinke noch einen Schluck.

Malte fängt an, von dem Kongreß zu erzählen, wo er und Brunnen sich kennengelernt haben. Dann kommt er noch mal auf das Restaurant zu sprechen, in dem sie gerade gewesen sind. Es ist eins, was von Homos geführt wird. Das fällt mir ein, als er den Namen erwähnt.

„Das Abendmahl ist ein schwules Teil, Malte, hast du das gemerkt?" frage ich mitten in seinen Erzählschwung hinein. Mal sehn, was so passiert.

Malte stockt. „Wie, schwul? Dürfen da nur ... ach so, du meinst, von Schwulen gemacht. Ja, wenn ich so drüber nachdenke, stimmt eigentlich." Er grinst mich an, und Brunnens gequälte Miene bringt mich fast zum Lachen.

„Lennart", lenkt er hastig ab, „Ihre Operation morgen früh, um was handelt es sich da genau?"

Ich drehe langsam den Kopf und sehe ihm in die Augen. „Undichte Klappe."

Er ist konsterniert über meine saloppe Ausdrucksweise, aber Malte amüsiert sich.

„Typisch Lennart", sagt er. „Lennart ist überall als harter Kerl verschrien, der den Mund nicht gern aufmacht, und wenn, dann nur, um knappe Anweisungen zu geben. Aber die Patienten lieben ihn."

„Ach ja?" frage ich skeptisch. Das ist mir neu. Schubert zum Beispiel würde Malte was husten. Oder vielleicht ja auch nicht. Aber auf jeden Fall ist Maltes Spruch mir peinlich.

„Lennart und ich haben schon zwei Jahre zusammen am Urban gearbeitet." Malte wendet sich an Brunnen, der mich die ganze Zeit über nicht aus den Augen gelassen hat. „Da waren jede Menge Problemfälle, renitente Patienten und so. Aber wer kam mit ihnen klar? Unser Lennart natürlich."

„Und wie gelingt Ihnen das?" Brunnen hebt die Augenbrauen.

Wir starren uns an. Bis zu diesem Moment war ich mir noch nicht sicher, aber jetzt weiß ich, was ich von ihm halte. Er ist ein feiger, lüsterner Typ, der seine wahren Absichten hinter seiner distinguierten Art geschickt zu verbergen weiß. Einer von den Terrier-Typen, die ihr Gegenüber erst abchecken und dann, je nach Gegebenheit, handeln: Ist der andere schwächer, greifen sie an. Ist er stärker, werfen sie sich sofort auf den Rücken. Sollte sich doch eine Gelegenheit bieten, beißen sie zu.

„Ich mach einfach kurzen Prozeß", sage ich schließlich.

Brunnen nickt, und dann schlägt er zurück. „Sie sind ein sehr … ungewöhnlicher Typ für diesen Beruf, wenn ich das mal so sagen darf."

„So, finden Sie."

„Ja, allerdings. Ungewöhnlich. Auf den ersten Blick würde man wirklich niemals vermuten, daß Sie Herzspezialist sind."

„Auf den ersten Blick? Sie können es sich immer noch nicht vorstellen, nicht wahr?"

Meine Stimme klingt nicht unfreundlich. Brunnens auch nicht. Aber die dünne Eisschicht, die im Laufe des Gesprächs zwischen uns gefroren ist, entgeht selbst Malte nicht, dessen Lächeln merklich in sich zusammenschrumpft.

„Ich möchte nicht, daß ihr streitet", sagt er schlicht und bedeutet dem Barmann, daß er noch mal das gleiche bestellen will. „Nicht heute. Das möchte ich einfach nicht, okay? Und, Werner", er legt mir den Arm um die Schulter und sieht Brunnen wohlwollend an, „Lennart mag vielleicht ziemlich cool drauf sein, aber er ist ungeheuer sensibel. Deshalb ist er schließlich mein Lieblingskollege."

Ich komme mir komisch vor, so, wie Malte da über mich redet, aber zumindest weiß ich jetzt endlich, was er tatsächlich über mich denkt.

Brunnen und ich setzen beide ein vorsichtiges Lächeln auf und lassen das Eis wieder schmelzen, jedenfalls soweit, daß wir uns normal unterhalten können. Malte ist zufrieden, und als Brunnen und er kurz darauf eingehend auf ein medizinisches Thema zu sprechen kommen, sitze ich entspannt daneben. Jetzt bin ich ganz ruhig. Aber ich weiß, das wird nicht lange so sein.

Nach dem zweiten Bier und einem Espresso zum Abschluß überlasse ich Malte Brunnens ödem Medizinergeseiere. Brunnen ist es gelungen, mich aus dem Gespräch draußen zu halten, was mir gut in den Kram paßt. Ich kann einfach dasitzen, mit einem Ohr den beiden zuhören und mir ansonsten meinen Plan zurechtlegen. Als ich endlich vom Hocker rutsche, tut Brunnen verblüfft. Malte wünscht mir alles Gute für morgen. Er wird nicht dabei sein, er hat die Spätschicht.

Ich mache den Reißverschluß meiner Lederweste zu und schiebe los. Jetzt sind schon mehr Leute auf der O-Straße unterwegs. Als ich am Roses vorbeikomme, zieht Achim gerade mit lautem Getöse die Rolläden hoch. Er winkt mir zu, und ich nicke zurück. Normalerweise würde ich jetzt vielleicht die paar Stufen raufklettern und 'ne Coke zu mir nehmen, aber allmählich hab ich es eilig. Ich biege am Heinrichplatz rechts rein, lauf die Mariannenstraße runter und schräg über die Kottbusser Brücke. Dann marschiere ich den Kottbusser Damm bis zum Ende, und schon ist das Ficken 3000 in Sicht.

Der Marsch tut mir gut. Obwohl ich eigentlich weiß, daß ich hier bestimmt kein Glück haben werde. Aber trotzdem, das Ficken 3000 ist einer der wenigen Plätze, die, wenn überhaupt, in Frage kommen.

Drinnen ist absolut tote Hose. Der Barmann hängt schläfrig überm Tresen, zwei gefönte Tunten quaken durch die Gegend, und hinten, im Eck, glotzt ein häßlicher Ledermann stumpf vor sich hin. Ich lasse die Tür wieder ins Schloß fallen. Einen Moment lang bin ich unschlüssig, in welche Richtung ich mich wenden soll. Dann sehe ich den Bus und renne los.

Der Motzstraßenkiez ist wie immer munter am Gange. Gleich vorne am Nollendorfplatz geht es schon los; vorm Mann-O-Meter hängen die ersten Brüder vor der Tür, und so geht es weiter. Ich lasse die Kaschemmen links und rechts liegen und marschiere schnurstracks zum Hafen.

Der Tresen ist voll, und auf der Bank am Fenster sitzen sie wie die Hühner auf der Stange. Die Musik tröpfelt leise aus den Lautsprechern, und alle Gesichter wenden sich mir zu, als ich reinkomme. Zum ersten Mal seit langer Zeit bei so einer Aktion werde ich verlegen. Ich steh dumm mitten im Raum und weiß plötzlich nicht weiter.

Die meisten Typen beachten mich nach 'ner Peilsekunde nicht länger, aber einige starren mich weiterhin an. Es ist ein komisches Gefühl, als ich mir die Knaben der Reihe nach ansehe. Sind sogar ein paar ganz ansehnliche Brocken darunter, aber ich bin heute nicht interessiert. Ich erwidere keinen der Blicke und gehe nach hinten durch.

In den Sitzgruppen hockt nur ein gemischtes Doppel und unterhält sich. Die Klotüren auf der Erhöhung um die Ecke sind beide weit auf. Ich bleibe trotzdem stehen und sehe mich im Spiegel an, der zwischen den beiden Türen hängt, umrahmt von Leopardenplüsch. In meinen Augen ist ein Ausdruck, den ich nicht von mir kenne. Ich sehe irgendwie fiebrig aus, und da ist noch etwas. Angst, oder etwas, das ihr nahekommt. Sehnsucht, vielleicht.

Im Spiegel sehe ich, wie hinter mir einer der Jungs vom Tresen auf die Sitzbank gleitet. Er stützt sich mit den Ellbogen auf seinen Knien ab, und sein dickes Gehänge zwischen den leicht geöffneten Schenkeln ist offensichtlich schon weiter als er mit seinem Versuch, mich anzubaggern.

„Tagchen", sagt er. Über seinem breiten Schädel kräuseln sich kurze, dunkle Locken, und seine Augen sind zwar schön, aber irgendwie unruhig.

„Ich bin gar nicht hier, Kumpel", erkläre ich seinem Spiegelbild. „Ich bin bloß 'ne Hallu."

„'ne was?"

„Halluzination", sage ich, und dann bin ich schon auf dem Weg nach draußen.

Wieder wenden sich mir alle Gesichter zu, als ich vorbeirausche. Ein Platz am Tresen ist frei. Der Typ, der daneben sitzt, runzelt die Stirn und dreht sich nach den Klotüren um. Hat wohl Angst, daß sein Kumpel in 'ner Blutlache am Fußboden liegt. Dabei bin ich so brutal nun auch wieder nicht.

Und heute bin ich sogar ein Lämmchen.

Ich zieh die Tür auf, ohne jemanden anzusehen, und geh raus.

Ich drehe eine erfolglose Runde durch den Kiez, und dann stehe ich am Ende vorm Tom's. Wenn, dann könnte ich hier fündig werden. Einen Moment bleib ich noch stehen und sammele mich. Ich muß an Markus denken, der vermutlich glücklich mit Anton Marathonficken betreibt, und an Jop und sein ominöses Date. Ich hoffe nur, daß es gut für ihn läuft.

Letzte Chance für heute, Lenny-Boy. *Sugar*. Ich hole tief Luft, dann gehe ich rein.

Sonntagabends ist das Tom's gut besucht. Ich bin auch ab und zu hier, immer dann, wenn ich im Hafen vorbeischaue. Tom's ist sowas wie Dessertbuffet und Schnäppchenmarkt in einem; man kann Glück haben oder auch nicht.

Die Bar ist zweifach besetzt, den vorderen Barmann kenn' ich vom sehen, der andere ist neu. 'ne ganze Horde von Typen hängt an der Theke. Auch hier glotzen alle mich an, aber jetzt ist es okay. Im Hafen geht's den meisten zuerst mal ums Reden. Hier geht's ausschließlich ums Ficken, und da kenn' ich mich aus.

Tom steht ganz an der Seite. Er grinst, als er mich sieht.

„Lennart. Hast dir Feinde gemacht, wie ich höre."

Der Typ mit dem Ring in der Nase. Das war erst heute morgen. Berlin ist wirklich ein Dorf.

„Kann sein. Dabei hab ich ihn nur 'n bißchen weiter trainiert."

Tom lacht. Er hat ein Ringerhemd an, das ich fast immer an ihm sehe. Seine Brustmuskeln pressen die Streifen in unregelmäßige Wülste. Als er seine Bierflasche hebt, sehe ich, wie zerschlissen der Hemdsärmel ist. Tom ist schon ewig auf Achse.

Einen Moment bin ich versucht, ihn zu fragen. Aber dann seh ich seinen irritierten Gesichtsausdruck vor mir und die Verwunderung in seinen Augen, wenn er mitkriegt, daß ich, Lennart, das harte Kaliber, nach 'nem Kerl frage. Ich denke nicht, daß ich es so hinkriegen würde, ihn glauben zu machen, es wär bloß geschäftlich. Tom kennt sich aus.

„Und, was treibt dich her? Mal 'n bißchen Frischfleisch begucken?"

„Genau. Wenn du mal wieder was hast … Du weißt, ich nehm dir gern mal was ab", sage ich, und dann tippe ich mir an die Schläfe und schiebe nach hinten.

Am Flipper hängen drei knackenjunge Burschen und glotzen fasziniert auf den Scheißapparat. Wenn die schon achtzehn sind, bin ich sechzig, aber na ja.

Auf der Videoleinwand ist so 'n typischer Amistreifen zu sehen, mit 'nem Deutschen als King. Der Bursche ist wirklich nicht übel, aber der Ami, sein Partner, ist besser. Er sieht so richtig schön fies aus, als er den Deutschen in die Knie zwingt und buttert, von hinten, mit Schmackes. Ich seh 'ne Weile zu, dann laß ich meinen Blick durch den Raum schweifen. Fehlanzeige.

Ich steh an die Wand gelehnt da und überlege. Bleibt eigentlich nur noch der Keller. Jetzt kann ich das Gemisch aus Fieber, Angst und Sehnsucht, das ich drüben im Hafen in meinem Gesicht gesehen hab, deutlich fühlen. Wenn er da unten ist, ist er da unten, ob es mir paßt oder nicht. Das heißt, ich muß jetzt da runter.

Ich drehe mich um und sehe zur Kellertür, und in dem Moment geht sie auf und so 'n Brocken kommt raus. Es ist der Typ aus dem Hafen, der Macker vom Klo. Und hinter ihm ein junger Türke. Jops kleiner Freund.

Er sagt was zum Brocken, und der Brocken dreht sich erstaunt zu ihm um. Ich sehe zu, wie sich seine Stirn fast so kräuselt wie seine Locken. Er ist sauer, ganz ohne Zweifel. Der kleine Türke sagt noch was zu ihm, aber Lockenschädel schüttelt energisch den Kopf. Jetzt wird der Junge ebenfalls sauer. Sein hübscher Mund ist ein schmaler Strich, und seine Augen blitzen. Er ballt die Fäuste zusammen und geht in Angriffshaltung, und Lockenschädel gibt nach. Er steckt dem Jungen 'nen Schein, ganz unauffällig, aber ich sehe es trotzdem. Dann macht er, daß er zum Tresen kommt, cool und mit schlingernden Schritten, wie ein Kriegsschiff auf hoher Fahrt.

Jops kleiner Stricher steckt das Geld ein und schaut sich rasch um, und sein Blick bleibt an mir hängen. Er sieht mich nachdenklich an, dann hebt er versuchsweise eine Braue. Ich starre ihn bloß an. Nach einem Moment wird ihm unbehaglich zumute. Er verzieht mürrisch den Mund und zuckt mit den Achseln, seine Lieblingsgeste anscheinend, und verschwindet in

Richtung Ausgang. Er erkennt mich nicht. Ich komme ihm höchstens bekannt vor.

Armer Jop. Frage mich nur, wie in aller Welt er bloß zu 'nem Foto von dem Burschen gekommen ist.

Ich stoße mich mit einem Fuß von der Wand ab, gehe zur Kellertür und ziehe sie auf.

Schon auf der Treppe knallt mir dieser unverwechselbare Geruch nach Darkroom entgegen. Zigarettenrauch, After Shave, Schweiß, Sperma und was es sonst noch für männliche Ausdünstungen gibt. Ich mag ihn, diesen Geruch, auch wenn er mir manchmal den Atem verschlägt. Immerhin riecht dieser Keller genau nach dem, was er verspricht.

Ich gehe die Treppe runter und schiebe den Vorhang beiseite, und dann, als er hinter mir zufällt, sehe ich erst mal rein gar nichts mehr. Natürlich ist dies nicht der beste Ort, um jemanden zu suchen. Aber ich bin überzeugt – wenn er hier ist, werde ich ihn finden. Es ist egal, ob ich nichts sehe. Ich werde ihn spüren.

Ein leises Grunzen dringt von links an mein Ohr. Als meine Augen sich an die Dunkelheit gewöhnt haben, sehe ich die schattenhaften Gestalten von zwei Typen, die sich gegenseitig den Bolzen melken. Oder vielleicht machen sie auch was anderes, so genau kann ich das in dem schwachen Licht, das durch das vergitterte Fenster fällt, nicht erkennen. Auf jeden Fall ist keiner von ihnen der, den ich suche.

Ich setze einen Fuß vor den anderen und sehe mich mit Adlerblick um. Wenn hier Sturmzeit ist, kommt man kaum durch, ohne aufgespießt zu werden, so viele steife Schwänze sind dann im Weg. Aber jetzt geht es. In jedem der kleinen Kellergewölbe herrscht gemäßigtes Treiben. Leises Schnauben, Stöhnen, Grunzen und Rascheln hängt in der rauchgeschwängerten Luft, die immer schneidender wird, je weiter ich komme.

Links, in einem Raum ohne Fenster, stehen vier oder fünf Typen im Kreis und rauchen schweigend vor sich hin. Rote Glutbällchen schwenken von Zeit zu Zeit durch die Dunkelheit und werfen einen schwachen Schein auf die Gesichter, die Körper, den ein oder anderen Sack. Die Spannung ist spürbar, ohne daß ich die Höhle betreten muß. Sie sind noch nicht so weit. Keiner will anfangen.

Ich taste mich weiter. Jetzt ist die trübe Funzel an der Decke hinter einer Biegung verborgen, und ich sehe so gut wie gar nichts mehr. Jemand geht dicht an mir vorbei. Eine Hand legt sich auf meinen Arsch, verharrt zögernd. Ich gehe weiter.

Dicht neben einem schwer atmenden Typ bleibe ich stehen. Er lehnt reglos an der Wand, und als er merkt, daß ich nicht weitergehe und angestrengt lausche, richtet er sich auf und lauscht selbst. Hinter ihm sind drei Kerle zugange, ich sehe die Schemen: Zwei ficken, der dritte begnügt sich mit fummeln.

Der Kerl an der Wand dreht mir das Gesicht zu, und dann, auf einmal, kann ich ihn riechen. Langsam gehe ich weiter.

Sonst kriege ich regelmäßig schon beim Reinkommen 'nen Harten, aber heute bleibe ich cool. Trotzdem bin ich angespannt wie nix, und wenn ich ihn hier fände, würde mein Hammer schneller senkrecht steigen als die neueste Weltraumrakete.

Ich gehe langsam durch jeden Raum. Ab und zu spüre ich jemanden dicht an mir dran, manchmal auch tastende Hände, aber ich ignoriere sie einfach.

Irgendwann bin ich mir sicher.

Als ich den Vorhang am Ausgang beiseite ziehe, kommt Tom mir gerade entgegen. Er sieht mich bloß fragend an, ohne zu reden, und ich zucke mit den Achseln. Das heißt alles und nichts. Tom macht eine vage Geste mit der Hand und grinst mich vielsagend an. Dann verschwindet er hinter dem Vorhang.

Ich drehe noch eine Runde durch den Laden, aber abgesehen davon, daß mittlerweile noch ein paar Jungs mehr um den Flipper rum abhängen, ist alles beim alten.

Das wär's dann wohl. Vielleicht ist es zu früh, vielleicht einfach zwecklos, auf jeden Fall war's das erst mal. Ich gehe langsam zum Ausgang.

Vorne, am Tresen, ist es jetzt knackevoll. Miguel lehnt ganz vorne und nickt mir ausdruckslos zu, und ich nicke zurück. Als ich weiterschlendere, bleiben meine Augen am Profil von 'nem Typen hängen, den ich zuerst nicht einordnen kann. Dann fällt mir ein, wo ich die grantige Fresse schon mal gesehen hab.

„He, Herkules", sage ich.

Der Kerl dreht sich um. Sein Ring zittert in seiner Nasenscheidewand, als er mich erkennt. Er will sich schon aufplustern, aber ich nehme ihm den Wind aus den Segeln.

„Was ich dir noch sagen wollte: Wenn du das warst, der den Kleinen da zugeritten hat – gute Arbeit, Kumpel."

Er sieht verdutzt aus und irgendwie auch hocherfreut. Dann verzieht er die Lippen zu einer merkwürdigen Grimasse, die wohl ein Lächeln darstellen soll, und ich nicke noch mal und schiebe zur Tür.

Bevor ich rausgehe, sehe ich mich nach dem Türmann um. Er hängt in der Nische neben dem Eingang und gafft vor sich hin, jeder Zoll ein Idiot, aber ich muß es einfach versuchen. Für alle Fälle. Ich nehm an, daß hier vorne in der letzten halben Stunde 'ne Menge los war. Ich war zwar gründlich, aber alles im Blick hab ich bestimmt nicht.

Ich tippe dem Türmann leicht auf die Schulter.

„Kollege, ich hab mal 'ne Frage."

Er zuckt heftig zusammen. „Hä?" blafft er mich an.

„Du hast doch 'n wachsames Auge. Ich such jemanden ganz bestimmten."

„Scheiße, Mann. Wen denn?"

„So 'n großen, kräftigen Kerl. 'n echten Kerl, wenn du verstehst, was ich meine."

„Wär ja hilfreich, wenn du 'n Namen wüßtest."

„Ich weiß ihn aber nicht."

„Tja dann ..." Er kratzt sich am Nacken und peilt mich von unten rauf an.

„Groß, vielleicht ein bißchen kleiner als ich. Dunkle, sehr kurze Haare, kein Piercing. Hat 'n ziemlich breites Kinn. Hellgraue Augen. Auffälliger Typ. Redet nicht viel."

„Kenn ich nich."

Irgendwas ist in seinem Blick aufgeflackert.

„Wo ist er hin?" frage ich.

Er sieht weg. „Scheiße, Mann. Glaub nich, daß ich dir das sagen soll."

Ich starre ihn an, dann dreh ich mich um und geh raus.

Der Hafen ist ebenfalls viel voller als vorhin. Diesmal gucken nur einige Typen zu mir hin, die Musik ist lauter, und es wird mehr gequatscht. Eine Weile stehe ich einfach so an der Tür und überlege. Hierbleiben will ich nicht, nach Hause kann ich noch nicht. Ich fühle mich unausgefüllt.

Und dann kommt mir eine Idee.

Ich schiebe mich zwischen den Jungs auf der Fensterbank durch und schnappe mir die Stadtzeitung, die zwischen zwei jeansumhüllten Ärschen eingeklemmt unter 'nem Haufen Illustrierter liegt. Ein bißchen rührselig ist das ja schon, was ich vorhab. Aber was soll's. Mich sieht ja keiner dabei. Und außerdem – ich tu es für mich.

Das Restaurant hat geschlossen. Die Treppe neben dem Eingang, die zum Konzertsaal der Schwangeren Auster hinaufführt, ist jedoch hell erleuchtet. Ich stehe lange davor und sehe hinein, auf die Lichter, die Leute. Von da aus, wo ich stehe, kann ich einen Teil des Foyers sehen. Sogar Musik kann ich hören; Trommelklänge, die lauter werden, dann leiser und wieder verklingen, als kämen sie aus einem Radio, dessen

Sender schlecht eingestellt ist und immer wieder verschwimmt.

Im Terminkalender der Stadtzeitung hat unter der Schwangeren Auster nichts von Bedeutung gestanden. Ein lateinamerikanisches Trommelfest, ein Vortrag zum Thema „Handwerk, Gabe und Geschenk – Wege aus der Not in Guatemala".

Trotzdem bin ich hierher gegangen. Es ist der einzige Ort, an dem ich mir vorstellen kann, jetzt ein wenig Ruhe zu finden.

Ich stehe lange Zeit da, an den Pfeiler neben dem Eingang gelehnt. Die dunklen Fenster des Restaurants klaffen wie schwarze Höhlen in der Wand des Gebäudes. Ich kann die Tische in der ersten Reihe erkennen und ein paar Stufen der Treppe, die sich zur Galerie emporwindet. Morgen, übermorgen oder irgendwann später wird das Restaurant wieder öffnen. Leute werden an den Tischen sitzen, essen und trinken oder auf der breiten Treppe flanieren. Aber auf mich wirkt dieser Ort so, als sei er für immer geschlossen.

Ich stoße mich vom Pfeiler ab und gehe fort, den gleichen Weg, den ich vor drei Tagen genommen habe.

Heute stehen keine fummelnden Typen zwischen den Bäumen. Niemand flüstert mir etwas zu, keine Menschenseele ist unterwegs. Mit den Händen in den Taschen meiner Jeans gehe ich langsam im warmen Schein der Laternen, die den schmalen Weg in regelmäßigen Abständen beleuchten. Zu meiner Rechten liegt der Kanal. Ab und zu höre ich ein Plätschern, das von einer Ente stammen mag oder einem Stück Treibholz und das nach und nach die Trommelklänge verdrängt, die von der Schwangeren Auster herüberschweben.

Es kann noch nicht besonders spät sein. Zwölf ungefähr, vielleicht sogar früher. Ich habe noch ein bißchen Zeit, bevor ich versuchen sollte, ein wenig Schlaf zu bekommen.

Hinter der Kurve taucht das Schiff auf. Ruhig liegt es in der Dunkelheit, ein schlafender Kahn. Die Schiffslaternen baumeln über dem Deck, auf der Brücke steht ein Fahrrad, das mit einer dicken Kette an der Reling vertäut ist. Als ich mich setze, nehme ich zum ersten Mal den starken Geruch nach Diesel und Öl wahr. Er erinnert mich an die Tankstelle, in deren Nähe ich früher, als Kid, eine Weile herumgelungert habe, weil ich die kräftigen Tankwarte so toll fand und die zupackende Art, mit der sie Reifen montierten und Motorhauben hochstemmten. Damals dachte ich noch, daß ich vielleicht Mechaniker werden könnte. Irgendwas, wo man kräftig zupackt. Was mit den Händen.

Ich sitze im Gras und sehe zum Himmel auf. Ein, zwei Sterne kann ich ausmachen, mehr sind nicht zu erkennen. Der Himmel ist rötlich, ein Großstadthimmel. In Berlin sieht man kaum jemals Sterne, und das ist das einzige, was mir an dieser Stadt nicht gefällt.

Ich hoffe, daß ich noch lange Zeit hierbleiben werde. Klar, kann sein, daß mich das Schicksal doch woandershin befiehlt, aber wenn ich die Wahl habe, dann bleibe ich hier. Eines Tages werde ich vielleicht mal 'n paar Jahre ins Ausland gehen, Osteuropa vielleicht oder meinetwegen auch Kanada. Auf jeden Fall nirgendwohin, wo es heiß ist. Ich bin ein kühler Typ, und ich brauche genau so ein Klima um mich herum.

Die Minuten verstreichen. Manchmal kann ich ein leises Quietschen hören, wie von einer rostigen Stahltrosse, die das Schiff angestrengt am Ufer zu halten versucht. Es ist fast windstill, und doch scheint sich das Wasser leicht zu bewegen.

Plötzlich ist er an meiner Seite. Seine Stiefel reißen zwei scharfe Furchen ins Gras, als er sich neben mich hockt. Seine Augen schimmern im Licht der Laternen.

„He, Sugar", sagt er leise.

Ich nicke bloß. Ich bin nicht erschrocken. Aber trotzdem habe ich das Gefühl, als könnte ich meinen übrigen Körper nicht bewegen. Dann geht es wieder vorbei.

„Wie lange bist du schon hier?" fragt er.

„'ne Viertelstunde."

„Gutes Timing." Er rückt ein Stück näher an mich heran. Ich kann ihn riechen, so nah ist er mir. Er trägt ein schwarzes Rippenshirt und eine braune Wildlederhose, die mächtig gut sitzt.

Mein Herz klopft ziemlich schnell, und mein Atem geht auch nicht gerade langsam. Ich möchte gern ruhig wirken, lässig, cool eben, aber ich hab das Gefühl, daß es nicht so ganz hinhaut.

Er ist auch aufgeregt. Sein Bizeps zittert, und das liegt nicht nur daran, daß er die Arme um die Knie geschlungen hat.

In meiner Hose ist auf einmal zu wenig Platz. Ich möchte ihn endlich berühren, aber gleichzeitig will ich noch warten. Ich hätte gern Zeit, aber ich habe sie nicht. Noch bevor ich darüber nachdenke, spreche ich es aus.

„Ich muß bald gehen."

Er sieht mich mit schiefgelegtem Kopf nachdenklich an.

„Ich muß morgen früh raus. Ich hab was Wichtiges zu tun."

Er sieht mich immer noch nachdenklich an, und dann beugt er sich vor und küßt mich.

Ich bin noch nie so geküßt worden. Nicht auf so eine Art, und nicht so schnell. Sein Atem geht durch mich hindurch, und seine Lippen sind fest und weich zugleich. Er küßt eigenartig, viel sanfter, als ich gewohnt bin, aber auch fordernder. Nach einem Moment merke ich, daß ich ihn ebenso küsse.

Ich lasse mich rücklings ins Gras fallen und ziehe ihn auf mich, und seine Arme schlingen sich fest um meinen Rücken, schneiden mir fast den Atem ab. Sein Harter drückt sich an meinen, wir sind beide so scharf wie nur was. Er hebt seinen Arsch an und rammt mich ein Stück in die Erde, und ich kralle meine Finger in seine Hose. Das Leder ist weich genug, daß er mich spürt. Er stöhnt in meinen Mund.

Binnen Sekunden ist mir so heiß, als lägen wir in der sengenden Sonne. Ihm geht es genauso. Sein Rücken ist naß, und von seiner Stirn und den Schläfen tropft Schweiß auf mein Gesicht, als er mich ansieht.

„Ich hab an dich gedacht", flüstere ich und weiß, daß ich das nicht sagen sollte.

Seine hellgrauen Augen werden schmal und weiten sich wieder.

„Ich auch an dich", murmelt er, so leise, daß ich es kaum verstehen kann, und dann stemmt er die Hände zu beiden Seiten meiner Schultern ins Gras und richtet sich auf.

„Ich habe dir etwas gesagt", sagt er. „Als ich ging."

„Ich weiß. Ich hab's nicht vergessen."

Einer wie ich bleibt für immer allein. Es gibt Sätze, die bleiben im Ohr. Weil sie stimmen. Und dieser Satz stimmt eben nicht nur für ihn.

Er nickt, als er sieht, daß ich es ernst meine, und dann bewegt er langsam die Hüften. Er schafft es tatsächlich, daß ich fast komme, hier im Gras, unter ihm liegend.

Er wälzt sich auf die Seite. Seine Hand liegt locker auf meiner Hüfte.

„Du nimmst mich heute nicht mit nach Hause?" flüstert er in mein Ohr.

Ich schüttele den Kopf. Sein Atem fährt durch mein Ohr bis in mein Gehirn und macht, daß ich mich krümme. Er läßt seine Hand von meiner Hüfte auf meine Beule gleiten und fängt an, mir die Hose aufzuknöpfen, und ich rolle mich halb herum und tue dasselbe mit ihm.

Um uns herum ist alles ruhig, nur das Quietschen der Stahltrosse durchschneidet die Stille. Irgendwie weiß ich, daß er die Bäume dahinten im Blick hat.

Sonst ist so was immer mein Job, aber jetzt nicht. Ich weiß instinktiv, daß ich mich auf ihn verlassen kann.

Mein Bolzen ragt schon aus der Hose, bevor er sie ganz aufgeknöpft hat. Ich will, daß er meine Eier freilegt, und er folgt meinen Gedanken. Mit seiner kräftigen Hand greift er um meinen Sack und preßt ihn zusammen, und im selben Moment gleitet sein fetter Schwanz in meine Hand. Einen Augenblick wiege ich ihn zwischen den Fingern. Er ist verdammt schwer, und sofort schießt mir das Wasser im Munde zusammen.

Er läßt meinen Sack los, rutscht höher, und dann geht es los. Seine Eichel füllt meine Hand aus. Sein Schaft pocht heiß, und wenn ich zudrücke, keucht er auf. Irgendwann gleichen wir den Lauf unsere Fäuste einander an. Ich schnappe nach Luft, als er mich erneut küßt.

Wir machen es klassisch, und irgendwie ist es genau das, was ich will. Keine Sperenzchen, keine Extras, bloß das gute, alte Doppelgewichse. Mit küssen allerdings, seltene Sache. Es ist perfekt. Nur, daß wir so schnell sind.

Als er mit den Zähnen mein Hemd hochzieht und mir in eine Brustwarze beißt, schießt mir der Saft in die Eier. Seine Faust preßt sich noch enger um meinen Schwanz. Ich ziehe mich zurück, soweit es nur geht, aber das ist nicht gerade viel. Er legt noch einen Zahn zu, und daran, wie sein Becken in Fahrt kommt, merke ich, daß auch er gleich soweit ist.

Er keucht in meinen Mund, und dann, als seine Eichel mit einem heftigen Stoß in meine halb geschlossene Faust knallt, fängt er an zu zittern. Ich schließe die Augen und presse den Saft zurück, der mir schon in den Bolzen steigt, und dann mach ich sie gleich wieder auf.

Seine grauen Augen sind dicht vor meinen. Er öffnet den Mund und will etwas sagen, aber er schafft es nicht mehr. Er stöhnt auf, und als ich meine Lippen um seine lege und mich an ihm festsauge, krampft er sich zusammen. Sein heißer Saft schießt in meine Faust. Einen Moment später spritze auch ich ab.

Es dauert eine Weile, bis sich unser Atem beruhigt hat. Wir liegen da und sehen uns an, und dann, wie auf Kommando, blicken wir gleichzeitig weg, in den Himmel.

Seine Beize beginnt schon langsam in meiner Handfläche zu trocknen, als er sich bewegt. Behutsam läßt er mich los, dreht sich zur Seite und zieht ein Papiertaschentuch aus seiner Hose. Ich will es ihm abnehmen, als er fertig ist, aber er hält es fest. Die Geste, mit der er meine Hand und schließlich seinen Schwanz abwischt, ist erstaunlich behutsam. Ich schließe die Augen, weil mein Blick mich verraten würde.

Dann sind Schritte auf dem Weg über uns zu hören, und automatisch knöpfen wir unsere Hosen zu und setzen uns hin.

Ein Cowboytyp geht oben vorbei, ohne zu uns rüberzusehen. Seine Stiefel machen ein hohles Geräusch, das noch eine ganze Weile nachhallt, als er schon längst außer Sichtweite ist.

„Wie heißt du eigentlich?" fragt er mich schließlich.

„Lennart. Und du?"

„Bo."

Ich muß grinsen. Er trägt auch einen schwedischen Namen, wie ich. Aber das ist bestimmt nicht das einzige, was wir gemeinsam haben.

„Bo? Wie aus Bullerbü?"

„Genau", sagt er und lächelt. „Wie aus Bullerbü. Und da geh ich auch bald wieder hin. Morgen, genauer gesagt."

Ich studiere seine Miene, aus der ich nicht viel entnehmen kann.

„Schweden", sage ich langsam.

„Genau."

„Wie lange?"

Er zuckt mit den Achseln. „Erst mal ein Jahr. Wahrscheinlich länger. Ich hab da 'n Job."

Ich frage nicht weiter. Es ist klar, daß er nicht mehr erzählen wird.

Ich muß das erst mal sacken lassen, aber jetzt habe ich keine Zeit mehr dazu.

Vielleicht ist es ja auch ein Glück. Er ist zu sehr wie ich.

„Und du?" fragt er vorsichtig. „Warum hast du heute so wenig Zeit?"

„Ich habe morgen meine erste Operation in Eigenverantwortung. Morgen früh, um halb neun."

„Du bist Arzt."

„Genau. Ich mache Herzen", sage ich und muß fast lachen, als mir das ernste Gesicht meines Professors in den Sinn kommt. Aber nur fast, denn gleich darauf fällt mir Schubert ein, und vor meinem inneren Auge kann ich den OP-Saal sehen, der jetzt noch, um diese Zeit, im Dunkeln liegt. Aber nicht mehr für lange.

„Und wie ist das für dich?" fragt Bo.

„Morgen, oder allgemein so?"

„Allgemein", sagt er und betrachtet mein Gesicht aufmerksam.

Ich zucke mit den Achseln. „Gibt 'ne ziemliche Diskrepanz zwischen Arbeit und Leben bei mir. Ich bin völlig gespalten, was das alles angeht. Bei der Arbeit denke ich sogar anders als sonst, in einer anderen Sprache. Irgendwie paßt es nicht zu mir, aber gleichzeitig ist mir der Job auf den Körper geschneidert. Das war immer schon so, aber jetzt, im Herzzentrum ... Die Dinge kommen mir immer wieder absurd vor. Laser-OP, Herzkatheter legen, Schrittmacher setzen. Das ist eine Art Luxus. Aber dann gibt es da die andern Fälle, die, wo nichts anderes mehr hilft. Solche wie der Patient morgen früh."

Er nickt, aber ich bin noch nicht fertig. Ich rede weiter. Es sprudelt nur so aus mir raus. „Am schlimmsten ist es mit Kindern. Ich glaube, das ist für mich der reinste Horror, jedesmal neu. Kinder zu operieren. Und manche von ihnen sterben zu sehen."

Abrupt höre ich auf. Ich habe verdammt viel geredet. Vorsichtig sehe ich zu ihm rüber.

Sein Gesicht ist ernst, ernst und weich. Aber selbst jetzt noch trägt er diesen fiesen Zug um den Mund, auf den ich so stehe.

Er betrachtet mich ruhig, und dann legt er den Arm um meine Schultern und küßt mich aufs Ohr.

Wir sitzen lange so da, ohne zu reden. Ich spüre sein Herz an meiner rechten Seite. Es schlägt durch die dünnen Stoffe unserer beiden Hemden hindurch an meine Rippen. Sie geben die Schwingungen weiter, bis zu meinem eigenen Herz. Und mein Brustkorb trägt den Schall meiner eigenen Schläge bis an sein Herz zurück.

Jedenfalls hätte ich gern, daß es so ist.

Das Schiff liegt still vor uns. Irgendwann kommt eine Brise auf und bringt die Schiffslaternen zum Schaukeln, nur ein winziges bißchen, aber für uns ist das ein Signal.

„Geh nach Hause", sagt Bo. „Du hast schließlich Verantwortung. Das ist wichtiger als … als alles andere. Ich gehe sowieso bald nach Stockholm. Oder Bullerbü, wenn dir das lieber ist."

Er lächelt und nimmt seinen Arm von meiner Schulter. „In einer Viertelstunde bin ich aus deinem Leben verschwunden. Wenn du dich da hinten unter der Laterne noch einmal umdrehst, bin ich schon weg."

Wir sehen uns an. Sein Blick ist klar und unmißverständlich. Ich vermute, ich sehe genauso aus.

Aber als ich aufstehen will, hält er mich fest. „Sugar", flüstert er, und sein Lächeln verrutscht für einen Moment. „Mach's gut. Paß auf dich auf."

Ich nicke. Ich habe alles gesagt.

Als ich dann endgültig aufstehe und losgehe, bemerke ich, daß dieses Gefühl der Unausgefülltheit, das den ganzen Abend an mir genagt hat, verschwunden ist. Und nicht nur das. Meine ganze quälende Unruhe ist weg. Ich weiß, was auf mich zukommt, aber trotzdem bin ich ganz ruhig. Ich bin bei mir selbst, so fühlt es sich an. Und dieses Gefühl wird mich so bald nicht wieder verlassen, das weiß ich.

Ich drehe mich nicht um, als ich unter der Laterne angekommen bin. Ich will nicht sehen, wie Bo aus meinem Leben verschwindet. Wenn ich nicht hinsehe, ist es vielleicht nicht wahr.

Aber natürlich ist es das doch. Das ist mir den ganzen langen Nachhauseweg über klar, und es ist mir klar, als ich mich ausziehe und in mein Bett lege und die Decke ganz bis zu meinem Kinn hochziehe. Natürlich ist es wahr.

Aber das, was davor war, ist eben auch wahr.

Schuberts Herzoperation ist glattgegangen. Wenn alles gutgeht und keine Komplikationen auftreten, kann er in drei Wochen entlassen und danach ambulant betreut werden.

Gleich zu Anfang ist mir mein Skalpell runtergefallen und später, beim Nähen, eine Pinzette, aber ansonsten ging alles glatt. Ich hab keinen weiteren Fehler gemacht, jedenfalls keinen, der mir oder jemand anderem aus dem Team aufgefallen wäre.

Schuberts Frau, seine Tochter und einer der Söhne saßen im Wartezimmer, als ich rauskam. Ich habe ihnen erklärt, daß alles gut gelaufen ist und man jetzt erst mal abwarten muß. Schuberts Frau hat kein Wort gesagt. Sie hat die ganze Zeit über, während ich geredet habe, knapp an meinem Kinn vorbeigeguckt und hinterher meine Hand gedrückt, daß ich dachte, sie fällt mir gleich ab. Die Tochter hat gelächelt, und der Sohn hat mal wieder zur Seite gesehen.

Ich wünsche Schubert, daß er in Zukunft ein besseres Leben haben wird, als er bisher anscheinend gehabt hat. Seinen Leuten wünsche ich das auch, aber das hab ich natürlich nicht laut gesagt. Ich hab allen dreien die Hand geschüttelt und ihnen alles Gute gewünscht, und dann bin ich gegangen.

Danach habe ich bei dem Kleinen reingesehen. Er lag reglos zwischen den Laken, und für mich sah es so aus, als hätte er sich seit Donnerstag keinen Zoll mehr bewegt. Natürlich stimmt das nicht, das kann gar nicht sein. Nur, für mich sah es eben trotzdem so aus.

Aber als ich mich zu ihm setzte, wußte ich, daß sich doch etwas verändert hatte.

Mir ist immer noch nicht klar, woran genau man eigentlich merkt, daß jemand im Sterben liegt. Aber man merkt es.

Lukas lag im Sterben. Schon als ich zur Tür hereinkam, hatte ich es gespürt. Aber jetzt wußte ich es.

Ich saß lange Zeit da. Zwischendurch kam ab und zu eine der Schwestern herein, um nach ihm zu sehen. Schließlich beugte sich Rena zu mir herunter.

„Wir lassen ihn gehen", sagte sie leise. Ich fragte sie nicht, wer das entschieden hatte. Es war mir egal.

Sie ging, später kam sie zurück, einmal, zweimal, bis ich die Zeit und ihre Abläufe einfach vergaß. Draußen dämmerte es, die Schritte der Besucher auf dem Flur verklangen allmählich, das Klappern der Geschirrwagen verschwand. Lukas lag still da und atmete schwach, mit halb geschlossenen Augen in seinem kleinen, spitzen Gesicht; Augen, die schon längst nichts mehr sahen. Seine Hand lag still in meiner, trocken und warm.

Als sein Atem sich zu verändern begann, legte Rena mir die Hand auf die Schulter, bevor sie mich wieder allein mit ihm ließ. Ich war ihr dankbar dafür.

Ich saß solange da, bis seine Hand in meiner erschlaffte.

Übrigens, der Junge aus Bullerbü, den ich meinte, heißt gar nicht Bo. Ich hab's nachgeschlagen. Bosse heißt er. Ich frag mich, ob Bo das gewußt hat.